Philippe Jaenada fait une entrée remarquée en littérature en 1997 avec *Le Chameau sauvage*, couronné par le prix de Flore. À partir de 2013, il se tourne vers le fait divers, qu'il traite à sa manière inimitable, entre digressions, humour et désespoir. En 2017, il obtient le prix Femina pour *La Serpe*.

Philippe Jaenada

# VIE ET MORT DE LA JEUNE FILLE BLONDE

ROMAN

*Bernard Grasset Paris*

TEXTE INTÉGRAL

ISBN 978-2-7578-7369-4
(ISBN 2-246-64831-9, 1re publication)

*À Jo, Bub et Gwen*

# Un

Un dimanche soir de l'année dernière, au début de l'automne, mes amis Muratti ont organisé un grand dîner dans leur maison du XIVe arrondissement, à Paris. Mon sac matelot à l'épaule, je marchais dans l'impasse obscure qui conduisait chez eux. Ils organisaient de petits dîners tous les soirs de la semaine, et de grands dîners cinq ou six fois par mois, lorsqu'ils se sentaient vraiment seuls, perdus sur la terre qui tourne (souvent le dimanche soir, mais parfois aussi le lundi, ou le jeudi, car la terre tourne tout le temps).

J'en avais marre, de ces dîners, c'était toujours à peu près pareil. Même dans la violence, le désordre et l'imprévu, c'était toujours à peu près pareil. J'y allais surtout parce que je n'avais rien d'autre à faire, parce que j'étais trop faible pour refuser, je voulais leur plaire, et parce que ces soirées me donnaient l'impression (fausse) de vivre des choses étranges – j'avais besoin de repères et d'appuis, sur cette terre qui tourne. Mais au fond, je m'ennuyais (chez eux comme ailleurs). Pourtant, ce soir-là, le ciel allait me tomber sur la tête, et me rentrer dans le corps.

Alice et Paul Muratti, qui avaient de nombreux amis, formaient un couple étrange : Paul Muratti était un lion massacré, un sauvage colérique couvert de blessures qui avait fait fortune, c'est peu dire, en achetant et revendant un peu plus tard des tas de trucs bleus d'Yves Klein (qu'il n'appréciait pas spécialement mais dont il avait pressenti le suicide), qui avait côtoyé beaucoup de grands de ce monde (dont Elizabeth Taylor et Georges Pompidou (pas ensemble)), et se débattait à présent, à soixante-cinq ans, dans les filets gluants de l'âge et de l'ennui, des regrets et de la peur, en secouant rageusement sa chevelure grise, une bouteille de whisky dans chaque main ; Alice était à l'époque de leur rencontre une vétérinaire timide et soignée, une femme hamster avec sa petite mallette, qu'en quatorze ans il avait changée en vétérinaire bourrée du matin au soir et encore pendant six heures ensuite, en hamster sauvage et querelleur qui ne tenait plus sur ses pattes. A priori, avant de se prendre à bras-le-corps et de se mélanger, ils n'allaient pas bien ensemble, mais avec le temps, les différences s'étaient estompées, et le combat entre le hamster et le lion devenait presque égal : le hamster avait gagné de l'audace et de la fureur, le lion avait perdu de sa superbe et de son énergie. (C'était un spectacle intéressant.)

On pouvait les connaître et les fréquenter depuis des lustres, il restait difficile d'anticiper leurs réactions (malgré l'alcool et le manque permanent de sommeil, ils demeuraient extrêmement vifs), de prévoir leur humeur un quart d'heure à l'avance, a fortiori cent mètres avant d'atteindre la porte de la maison située au fond de l'impasse sombre. Certains soirs ils somnolaient comme deux crocodiles grippés (à propos, je viens à peine de comprendre le véritable sens de l'expression « larmes de crocodile » : pendant plus de trente-cinq ans, abruti, j'ai cru qu'elle désignait de grosses larmes abondantes (cela fait partie de ces choses que l'on ne songe pas à remettre en question car on en a d'autres à faire, et on n'a pas la tête à ça (il y a des tas de trucs à penser, au cours d'une vie), on se dit un jour à six ans que les larmes de crocodile sont de grosses larmes abondantes et par la suite on ne se demande pas une fois pourquoi des yeux d'un crocodile jailliraient de plus grosses larmes que de ceux d'un éléphant ou d'un ours, ni même pourquoi les crocodiles pleureraient) : ce n'est qu'en regardant une émission pour enfants, mercredi dernier, que j'ai appris ce que tout le monde sait peut-être, c'est-à-dire que les larmes de crocodile sont de fausses larmes, rien à voir avec l'abondance, des larmes hypocrites accompagnées de cris de désespoir et de souffrance, destinées à émouvoir un adversaire ou une proie potentielle, à le tromper pour l'attirer puis le dévorer (je suis resté interdit sur mon canapé, baignant dans une confortable euphorie, celle qui nous enveloppe quand la lumière nous inonde après un séjour de trente ans dans la pénombre, mais le choc passé, je me suis rendu compte que quelque chose clochait (car lorsque je m'attelle sérieusement à un problème, mon cerveau tourne à plein régime) : qui allait me faire gober cette histoire de crocodile capable, non seulement d'éprouver un sentiment de tristesse (ça, à la rigueur, peut-être), mais mieux, de le feindre (et de jouer une scène des *Lumières de la ville*, aussi ?) car il devine, fin psychologue sous son air de brute avinée, qu'une antilope ou un ragondin sont, de leur côté, capables de compassion, et surtout suffisamment stupides pour imaginer qu'ils vont pouvoir consoler un crocodile ? (du coup – car, comme je crois l'avoir déjà dit, quand je m'attelle sérieusement à un problème, mon cerveau tourne à plein régime et je ne lâche plus, surtout si j'ai été humilié –, je me suis documenté plus en profondeur (dans les livres, donc) et j'ai appris que ce n'était en réalité qu'une légende, datant du XVIII$^{e}$ siècle (ils étaient cruches, à l'époque), et qu'un spécialiste du nom de Keith Howard, sans doute un type qui avait consacré sa vie à l'étude des crocodiles (il en faut), avait découvert qu'il s'agissait tout bonnement d'un phénomène mécanique : lorsqu'il ouvre la gueule, pour bâiller, vagir (car oui, il vagit) ou je ne sais quoi, disons pour essayer d'attraper un ragondin, le crocodile comprime les glandes qui sont situées près de ses yeux et, donc, pleure (franchement, le ragondin qui s'en émeut, alors que l'autre a déjà la gueule ouverte pour le dévorer, n'a pas sa place dans la jungle) – j'ai également appris lors de ces recherches tardives que le crocodile pouvait rattraper un homme à la course, mais je vais essayer d'effacer cette image de ma mémoire))), d'autres soirs les Muratti débordaient de vitalité, d'enthousiasme et de fureur (également comme les crocodiles, oui, lorsqu'ils sont en forme), mais cela pouvait se traduire soit par des explosions de bonne humeur, de lyrisme et d'allégresse atomique, soit par des crises de colère, des baffes à la cantonade et des meubles cassés. Le plus souvent, tout se mêlait en une même soirée. Le dîner auquel je me rendais, ce dimanche d'automne, serait, je ne le savais pas encore, plutôt calme et triste comparé à la plupart des précédents et des suivants (les verres cassés la veille, le changement de saison et les impôts auraient fait d'eux, ce soir-là, des crocodiles grippés, la gueule à peine ouverte). Et pourtant, j'allais vivre un moment troublant, et ma vie en serait changée. Comme d'habitude, je suis arrivé en retard.

# Deux

J'avais traîné trop longtemps au Métro Bar, à boire du whisky en perdant à la belote de comptoir contre Mac, le patron, et deux habitués que je ne connaissais pas encore bien, puis dans le mouvement en discutant avec Pierre, le barman qui était resté après son service, et quelques habitués que je ne connaissais pas bien encore – comme, quelques années plus tôt, je traînais trop longtemps au Saxo Bar, à huit stations de métro de là, avec le patron Nenad, Thierry le barman, qui jouaient tout le temps, et des habitués avec qui j'avais passé de cinq à six heures par jour pendant plus de dix ans et que j'avais donc fini par connaître, qui m'étaient devenus des inconnus familiers (un déménagement, un simple changement de quartier, un décalage, et tout ça me paraissait désormais très loin, au-delà d'une ligne que je ne pourrais plus jamais franchir dans l'autre sens (de toute façon, le Saxo Bar n'existe plus, il a été vendu et transformé en cabinet médical : plus personne, jusqu'à la fin des temps, ne pourra aller boire un verre au Saxo Bar)). C'était toujours pareil : si j'avais rendez-vous à vingt et une heures, j'arrivais au bar à vingt heures en me disant qu'une demi-heure suffirait à me détendre et à me donner du courage pour aller affronter les Muratti et leurs amis (je me sens toujours mal à l'aise lorsqu'il s'agit d'être en contact avec des gens, quels qu'ils soient, ailleurs que dans un bar (donc dans un endroit où ils sont venus spécialement pour se voir (donc aussi, un peu, pour me voir), où il est quasiment indispensable de communiquer d'une manière ou d'une autre, de s'ouvrir (au secours), et d'où l'on ne peut pas s'enfuir après avoir simplement posé quelques pièces sur une table, ce qui est pourtant si pratique)), à vingt heures trente je reprenais un whisky, car le dîner n'allait pas débuter au coup de pistolet à vingt et une heures, à vingt et une heures j'en demandais un dernier (il n'était finalement pas plus tard que l'heure à laquelle il fallait arriver, j'étais à peu près dans les temps), puis Mac m'en offrait un pour la route et, un peu plus tard, pendant que j'attendais un taxi sur le Faubourg Saint-Martin, je me rendais compte que je n'arriverais pas chez eux avant vingt-deux heures, vingt-deux heures quinze, trente, je me grattais la tête et me maudissais – « Tu es un âne, sois maudit. »

Je ne me sentais pas bien, à cette époque-là (ce n'était que l'année dernière, mais il me semble qu'un demi-siècle est passé depuis, ou que je suis passé, moi, depuis, dans un autre monde, comme les cow-boys qui, pour qu'on ne puisse plus suivre leur piste, traversaient une rivière (attention aux crocodiles, les gars)). Je n'avais pas de problème particulier, j'allais sur mes quarante ans plutôt benoîtement, j'avais un bon boulot facile et bien payé, qui ne me prenait que deux jours par semaine, je venais d'acheter un appartement dans un quartier qui me plaisait et j'avais l'impression d'avoir pu garder le même mode de vie, à peu près, le même état d'esprit qu'à vingt-cinq ans – je me sentais relativement libre, cow-boy, au cœur du monde mais sur des chemins peu fréquentés, cahoteux et distrayants, je ne m'ennuyais jamais (menteur), je pouvais m'amuser tous les soirs dehors si j'en avais envie ou rester pelotonné devant la télé avec une bonne purée et du Fanta, boire autant que je voulais, coucher avec des filles de temps en temps, sans conséquence, je faisais à peu près ce qui me plaisait et rien ne m'empêcherait de continuer jusqu'au jour où mon corps commencerait à dérailler, dans une vingtaine d'années –, mais quelque chose clochait. (« Un problème, Lonesome Sam ? ») Quelque chose me gênait, s'était installé à l'intérieur, une nappe de brume, qui flottait. Je ne sais pas, c'était le début de l'automne et je n'ai jamais aimé les changements de saison, ça me perturbe, l'effort que je fais pour m'adapter aux modifications de lumière et de température me prend peut-être trop d'énergie (comme la digestion). Ou bien c'était à cause de mon récent déménagement, de l'éloignement soudain de ce quartier – l'avenue de Clichy, la rue de La Jonquière, la rue Gauthey, numéro 27 – où j'avais vécu quinze années denses et tumultueuses (de vingt-cinq à presque quarante ans, c'est pas de l'interlude) : l'élastique qui me reliait à ce passé à la fois proche et lointain était probablement trop tendu. Loin de tout ça, je devenais flou. Bref, je ne sais pas, une brume à l'intérieur.

Dans le taxi, en traversant la Concorde, je pensais au nombre de fois où j'étais passé là, sous les lumières de la place, puis sur le pont, vers l'autre rive de la Seine, dans mille taxis différents, à regarder à peu près les mêmes choses par la vitre, les mêmes immeubles, les mêmes réverbères, les mêmes passants éternels, avec juste moi qui change à l'intérieur de la voiture.

Il m'a déposé à l'entrée de l'impasse étroite et j'ai marché jusqu'au fond, dans la pénombre, éclairé par les quelques fenêtres allumées des maisons entre lesquelles j'avançais.

Ce soir-là, je me retrouverais sans doute au milieu d'une dizaine de personnes, dont une ou deux seulement que je ne connaîtrais pas. Paul Muratti m'avait donné quelques noms au téléphone, à peu près les mêmes que d'habitude : il y aurait Jacques Kent, un écrivain, sûrement sa fiancée Bob Royale (je ne suis pas sûr d'avoir croisé dans ma vie plus de vingt femmes qui s'appelaient Bob) – une fille qui ne parlait pas et tentait régulièrement de le tuer –, Marie-Sophie Boivin, qui revenait de trois ans à New York et que j'avais rencontrée sept ans plus tôt lors d'un voyage en Égypte, Luc Mérit, un mathématicien qui picolait beaucoup, Slat Vogue, le comique, sans doute pas sa fiancée car elle avait un truc le lendemain matin de bonne heure, et Pascale Balto, une ex-chanteuse qui avait fait deux tubes dans les années 70 sous le nom de Craven (ainsi que, ce qui restait pour moi son plus grand titre de gloire mais n'avait apparemment marqué personne d'autre, un duo avec Joëlle, la chanteuse d'Il Était Une Fois, intitulé *Je n'oublierai pas*). Peut-être aussi Patrick Eudeline et Marilyne Véronèse, l'effervescente banquière du couple, mais ce n'était pas certain. Et encore une ou deux personnes.

En y réfléchissant, je crois que les Muratti n'avaient pas d'amis, au sens que donnent à ce mot les spécialistes des sentiments humains. Alice et Paul, seuls et perdus, les invitaient parce qu'ils avaient besoin de percevoir de l'agitation autour d'eux, de la force et de la chaleur, et eux venaient parce qu'ils étaient invités, savaient qu'ils mangeraient bien, pourraient boire du bon whisky et du bon vin, et surtout parce que la maison des Muratti était une sorte de cube hermétique en plein Paris, d'enclos d'insouciance et d'impunité à l'intérieur duquel on pouvait faire n'importe quoi sans jamais en subir les conséquences – on pouvait se montrer stupide ou violent et ne jamais le lendemain, ni lors du dîner suivant, en éprouver de honte ni essuyer de quelconques remontrances, on pouvait casser une chaise, menacer un adversaire avec l'un des cinq sabres accrochés aux murs, se jeter aux pieds de la femme de l'un des invités pour lui déclarer une flamme sincère, pleurer comme un bambin, en reniflant fort, ou gifler celui qui s'entêtait à ne pas vouloir être d'accord avec vous, on sortait toujours de chez eux intact, comme si rien ne s'était passé dans la vraie vie, comme si tout cela n'avait été qu'une fiction dans le cube, un jeu d'expériences en laboratoire. Tous ces gens ne voyaient jamais les Muratti dans la journée, jamais en dehors des dîners.

J'ai ouvert le portail, de l'intérieur, en passant mon bras entre deux barreaux, avancé sur les dalles de l'allée parmi toutes sortes de plantes et d'arbustes plongés dans l'obscurité, j'ai gravi les sept marches de pierre qui menaient à la porte et j'ai sonné. J'entendais de l'opéra à l'intérieur.

(J'ai une image ridicule dans la tête et je n'arrive pas à m'en débarrasser : je vois un type en short noir et maillot blanc, avec un numéro épinglé sur la poitrine (le 12), qui court à toute vitesse sur une piste d'athlétisme, en serrant les dents et en levant haut les genoux. Dans le couloir voisin, à quelques mètres derrière lui, un crocodile survolté est en train de le rattraper.)

# Trois

C'est Alice qui m'a ouvert la porte. Comme toujours, si elle m'a fait une réflexion de pur principe à propos de mon retard (il était vingt-deux heures trente, car le taxi m'avait fait croire, dans un français approximatif (dans un chinois approximatif serait plus exact), qu'il débutait dans le métier et même découvrait Paris, avec un certain émerveillement mêlé de perplexité (je traduis) – j'avais beau essayer de lui indiquer la route, il faisait tout l'inverse et se confondait en excuses dès qu'il s'était engagé dans la mauvaise rue, hochant dix fois la tête pour s'aplatir à mes pieds puissants d'Occidental, en marmonnant des litanies de regrets chinois (si ça se trouve il me disait : « Je suis en train de te mettre profond, toi, tête de nœud, le petit Chang va te pomper tout ton pognon ») et se retournant sans cesse vers moi comme s'il craignait que je lui tape sur le crâne, ce qui nous avait bravement amenés à trois quarts d'heure et vingt-cinq euros pour aller du dixième au quatorzième), elle m'a embrassé gaiement, déjà bien saoule, et m'a conduit dans le couloir vers le salon, une main bien à plat sur mes reins, l'autre tendue devant pour m'indiquer la direction que je connaissais par cœur (il fallait parcourir environ trois mètres : j'ai la mémoire vaporeuse mais quand je suis venu plus de vingt fois quelque part, j'arrive quand même à me souvenir du trajet à effectuer en ligne droite entre deux portes), comme si elle me guidait vers les projecteurs d'un plateau de télévision.

Pourquoi ce malaise, depuis quelque temps, quand j'entrais ici ? Cette sensation d'avoir la conscience ailleurs ? Cette lassitude par avance ? (Personne ne me forçait à venir, pourtant.) Tout le monde était déjà là, m'a-t-il semblé – en réalité, il manquait Marie-Sophie Boivin, Marilyne Véronèse et Patrick Eudeline, ces deux derniers n'allant d'ailleurs jamais arriver, mais de nature timide, je ne regardais pas autour de moi quand je débarquais quelque part, pour ne pas avoir à me donner une contenance (les yeux dans les yeux) avant de m'être acclimaté à l'endroit : je me contentais de percevoir l'atmosphère, je laissais floues les silhouettes et ne me faisais qu'une idée d'ensemble des forces en présence, des fantômes de crocodiles sur les bords de mon champ de vision, j'avançais vers un endroit où je pourrais poser mon sac matelot, un sourire sur les lèvres afin de ne pas avoir la tête d'un zombie furieux qui méprise les mortels, mais tout de même le regard vague et l'air encore dehors (cela me donnait une allure de poète étourdi, qui masquait en partie ma timidité). D'ailleurs, pour dire la vérité, à l'époque je gardais cette attitude toute la soirée. Et je crois que ce n'était pas simplement pour masquer ma timidité.

Luc Mérit, le mathématicien alcoolique, discutait fébrilement avec Craven, qui était habillée tout en rouge, Jacques Kent était comme d'habitude en train d'essayer de calmer Bob Royale, patiemment, amoureusement, de lui expliquer quelque chose. Elle portait un pantalon blanc et un tee-shirt bleu électrique, très moulant, qui aimantait l'œil sur ses seins bouleversants (surtout pour un poète) de créature de vingt-quatre ans – soit trente de moins que Jacques. J'aurais donné un bon quart des moments de plaisir qu'il me restait à vivre (combien ?) pour soulever ce tee-shirt, sans me presser, puis regarder fixement ce qu'il y avait en dessous, sans arrière-pensée cosaque mais juste pour approcher en poète, à quelques centimètres et sans écran, la perfection. La courbe et l'équilibre en même temps, la souplesse et la fermeté, le volume, l'apesanteur. (Qu'est-ce que je fais, je touche ? (Juste à la manière d'un chercheur, ou d'un poète épris de réalisme – un poète cosaque, bon.)) Alice était retournée s'asseoir sur le canapé, où l'attendait Slat Vogue qui, curieusement, portait la barbe. À côté d'eux était assise une très jolie jeune femme blonde, à l'air étrange, que je ne connaissais pas. Elle ne semblait ni dans la discussion, ni vraiment en dehors. Elle était posée là comme si on l'y avait mise, fantomatique, juste une âme (enfin presque), calme et disponible mais lointaine. Elle écoutait, ou peut-être pas. Elle portait une robe droite très simple, à fines rayures rouges, bleu marine et blanches, elle avait les yeux fatigués, le teint pâle et quelque chose de détraqué dans l'expression du visage, de fragile et de dangereux. Alice me l'a présentée, elle s'appelait Anne-Catherine Fath. Dans la cuisine, Paul Muratti, penché sur le grand four ouvert, surveillait le chevreuil (c'est par lui qu'allait venir le choc de la soirée, le moment le plus troublant de mon existence). Il n'a tourné la tête vers moi qu'au bout de quelques secondes, absorbé par son rôle de cuisinier. (C'est par Paul Muratti qu'allait venir le choc de la soirée, bien sûr, pas par le chevreuil (d'une part celui-ci était mort, ce qui ne facilite pas les choses quand on veut provoquer un choc, d'autre part il n'était évidemment pas entier, il ne restait de lui que le cuissot – or il est peu de choses aussi inoffensives qu'un cuissot de chevreuil mort, ou alors il faut vraiment que la bête indestructible soit enragée, possédée par l'envie de nuire, même quand elle n'est plus qu'un cuissot – « Je les aurai ! »)) Il m'a embrassé affectueusement (Muratti, pas le cuissot), puis a jeté un rapide coup d'œil en direction du salon pour s'assurer que personne ne le voyait, en particulier sa femme, a ouvert le frigo à la vitesse de l'éclair, a saisi une bouteille de gin dans la porte comme un caméléon d'un coup de langue une mouche sur une feuille, a dévissé le bouchon et s'est envoyé trois gorgées, a revissé, vite, dans la porte, clac, personne n'a rien remarqué. (C'était intéressant vu sous l'angle des métiers du cirque, mais parfaitement absurde (c'est d'ailleurs en partie ce qui faisait la beauté du geste) : tout le monde savait, et bien sûr sa femme la première, qu'il était ivre du matin au soir, puisque du matin au soir il buvait, sans se cacher (mais à la dérobée, ça n'avait sans doute pas le même goût). Je crois ne l'avoir jamais vu à jeun, depuis le premier jour, ou plutôt la première nuit, quand nous nous étions rencontrés dans un hôtel de New York, où cet inconnu à la chevelure grise avait surgi dans ma chambre pour me sortir en héros d'une situation délicate (je bataillais contre un type qui s'était introduit par la fenêtre, je raconterai ça plus tard).)

Il y avait des choses à voir mais je me sentais vide au milieu du vide, un passant sans substance dans un univers sans intérêt. Ça venait de moi ? Qu'est-ce qu'il me manquait ?

Les premiers exercices de force, rituels et destinés entre autres à mettre l'assemblée en appétit, allaient commencer lorsque Marie-Sophie est enfin arrivée (il y en a qui se mouchent pas du coude).

Elle portait un gros bouquet de fleurs, ce qui n'a pas manqué de surprendre tout le monde, car personne jamais n'apportait rien chez les Muratti, c'était presque leur faire injure. Mais elle avait une excuse. Dans le métro, en venant, elle était assise en face d'un jeune homme fort bien habillé et coiffé, un peu trop même : dans son costume et sous ses cheveux, il semblait aussi à l'aise qu'un agneau dans un scaphandre, assis. Mais il souriait, tout seul. Il tenait précieusement à deux mains un énorme bouquet de fleurs multicolore, dont on devinait qu'il avait été composé par une fleuriste maternelle (« Je vais vous faire quelque chose dont elle se souviendra toute sa vie, vous allez voir »). Touchée par le petit prétendant que le métro emportait tremblant vers le château de la princesse, Marie-Sophie avait remarqué que sa braguette était grande ouverte, et qu'il avait une petite tache de chocolat près du coin droit de la bouche – peut-être du Nutella. Aussi, quand la vieille femme qui était assise à côté de lui s'était levée pour descendre du wagon, elle avait pris sa place sans hésiter, s'était penchée vers lui et, surmontant sa propre gêne (mais l'enjeu valait l'effort), lui avait dit à voix basse : « Vous avez la braguette ouverte et du chocolat sur la joue. » D'abord surpris, puis incrédule, horrifié, consterné, embarrassé, puis reconnaissant, le soupirant était passé par toutes les couleurs avant de s'arrêter sur un joli rose candide. Marie-Sophie lui avait pris le bouquet des mains afin qu'il puisse remonter sa braguette et s'essuyer la joue en mouillant son doigt (« Non, encore un peu, plus à droite, oui, encore, voilà, c'est bon »). Lorsqu'il était sorti de la rame, deux stations plus loin, il lui avait dit, en lui tendant le bouquet et en essayant de la regarder dans les yeux : « Tenez, c'est pour vous, j'en achèterai un autre pour ma fiancée. »

Slat Vogue a applaudi le geste, tout le monde a félicité Marie-Sophie pour son intervention, et Alice est allée chercher un grand vase pour installer les fleurs, d'habitude si malvenues, sur la table basse du salon, majestueuses, afin de dédier solennellement cette soirée à ce jeune gentleman d'un autre monde – dont personne ne doutait que cette élégante réaction lui assurerait un avenir chanceux auprès de sa belle, du moins pour cette nuit. Chacun s'est concentré deux secondes pour envoyer des ondes bénéfiques vers le château à la porte duquel il devait frapper en ce moment, quelque part dans Paris, et Jacques Kent a même prononcé une formule magique peule : « Kothiema sunsun, baathiema sunsun, sunsun fla ani sunsun. » À l'évocation du peuple peul, Luc Mérit a bondi de son fauteuil et, levant les bras tel un sorcier en transe lubrique, a déclamé d'une voix chaude et puissante une phrase d'un certain Abdoulaye Sadji (dont je n'avais jamais entendu parler) : « Souplesse de la hanche, feu du regard : les femmes peules. » Il a ajouté que si sa princesse était une femme peule, le gentleman du métro était un sacré veinard (mais à mon avis, il y avait peu de chances – nous nous laissions emporter, le raisonnement ne tenait pas). Je regardais le bouquet de fleurs, vaguement conscient qu'une partie de l'explication de mon malaise se trouvait de ce côté-là.

À une vingtaine de minutes, selon le cuistot, du terme de la cuisson du cuissot, les concours de force et de résistance à la douleur que les Muratti organisaient avant chaque dîner sur le grand tapis du salon, contre des invités pas toujours bien entraînés (je ne citerai que moi), ont pu enfin débuter, tous les participants étant désormais présents (Marilyne Véronèse et Patrick Eudeline, habituellement ponctuels, ne viendraient plus – elle avait prévenu la veille qu'elle devrait peut-être se rendre à un dîner prévu de longue date chez des amis de son mari, mais en ce qui concernait Eudeline, c'était plus surprenant). Je n'aimais pas ces exercices, car je suis peu enclin à la violence et à la compétition (ce n'est pas que je sois fragile et peureux, comme un raisonnement simpliste pourrait amener à le penser, non, la vérité, si je m'efforce d'être le plus honnête et le plus lucide possible, c'est que je suis peu enclin à la violence et à la compétition), mais ils faisaient partie de la soirée, m'y soustraire m'aurait gêné. Deux disciplines ont été choisies par Alice et Paul, la cuisse de fer et le duel de baffes. Ce n'était pas mes favorites. La cuisse de fer, ça passait encore (même si, très curieusement, peu de choses m'humiliaient autant que de me trouver face à quelqu'un qui avait des cuisses plus puissantes que les miennes (de plus, dans ce genre d'affrontement, le verdict est indiscutable et donc la mauvaise foi d'aucun secours) – pourtant je ne tire aucune fierté particulière de mes cuisses (j'aurais bien tort), mais voilà, c'est comme ça, je supporte mal de les voir dominées, vaincues par d'autres cuisses a priori ordinaires). Ce qui me posait un véritable problème, c'était le duel de baffes. Je n'aimais pas recevoir de baffes, comme la majorité des êtres vivants, mais j'aimais encore moins en donner. J'étais contrarié à l'idée de faire mal à mon adversaire (lorsque j'abandonnais, ce n'était quasiment jamais pour ne pas recevoir une baffe plus cinglante, mais pour ne pas avoir à frapper plus fort encore un visage qui m'était généralement sympathique – c'est en cela que c'est un bon jeu, faut reconnaître).

Un tirage au sort effectué par la main coupable d'Alice, à l'aide de petits papiers mélangés dans le chapeau de Jacques Kent, a permis d'organiser les combats : à la cuisse de fer, Jacques affronterait Marie-Sophie, et Craven Alice ; au duel de baffes, Luc Mérit affronterait Paul, Anne-Catherine Fath Bob Royale, et moi, malheureux, j'affronterais Slat Vogue.

Le principe de la cuisse de fer était simple. Les deux adversaires s'asseyaient l'un en face de l'autre, leurs chaises très proches. L'un des deux serrait les genoux, l'autre plaçait les siens de part et d'autre. En une minute pile, il fallait que le premier essaie d'écarter les genoux jusqu'à anéantir l'étau du second. Bien entendu, une partie se jouait en deux manches, car il est plus facile de serrer que d'écarter. Jacques Kent a facilement défait Marie-Sophie Boivin, en deux manches sèches (c'était prévisible – d'autant que les écrivains ont souvent de bonnes cuisses). En revanche, il a fallu sept manches éprouvantes et poignantes pour départager Alice et Craven, dont les cuisses, pour une chanteuse, recelaient de sacrées ressources musculaires. C'est finalement Alice qui l'a emporté après sept longues minutes de contorsions, de râles et de grimaces sanguines, à l'épuisement – mais on ne donnait pas cher de sa peau pour le second tour si le sort la désignait de nouveau pour une cuisse de fer. (Quel suspens.)

Le principe du duel de baffes était simple. Les deux adversaires s'asseyaient l'un en face de l'autre, leurs chaises très proches, et se giflaient chacun leur tour de plus en plus fort jusqu'à ce que l'un des deux se lève en hurlant. Le combat très attendu entre Luc Mérit et Paul Muratti (une finale avant la finale) a tenu toutes ses promesses. Ils se sont frappés comme des hommes du Moyen Âge : Luc, le grand mathématicien (que nous appellerons ici Cordule de Blagnac), parce que son esprit cartésien quoique imbibé lui signalait dans la tourmente qu'il n'avait aucune raison logique d'arrêter, et Paul (que nous appellerons par exemple Odilard de Kermarec) parce qu'il aurait fallu qu'on lui tranche la tête au sabre pour qu'il ne la garde pas haute sur ses propres terres. À l'issue d'une bataille épique, tout en claquements, bave et reniflements, c'est Cordule qui a lâché. Il s'est levé d'un bond et s'est jeté sur le côté comme pour sortir d'un cauchemar, les cheveux hirsutes et les yeux hagards (son esprit cartésien quoique imbibé semblait hurler à l'intérieur de son crâne – « Qu'est-ce que tu fous, nom de Dieu ? » –, mais la force surgie du fond des âges, de bien avant le Moyen, qui l'avait propulsé hors du carnage, impérieuse, ignorait la science), tandis qu'Odilard levait les bras au ciel, échevelé lui aussi, tremblant et cramoisi.

Le deuxième combat n'a pas eu la même intensité : Anne-Catherine Fath (Hune de Wingen), qui semblait n'avoir qu'une idée approximative de la notion de mesure, a balancé d'entrée une tarte du tonnerre dans la poire de Bob Royale (Bob Royale), qui s'est dressée aussitôt comme une furie outragée, a fusillé du regard son ennemie étonnée, et a rejoint le canapé sans un mot en serrant les dents (il y en a qui ne savent pas jouer). Hune souriait, l'air toujours vaguement absent mais sans doute satisfaite de ne pas s'être laissé impressionner par Bob.

Restait le combat le plus spectaculaire de la soirée (de mon point de vue) : j'allais, la poisse, affronter Slat Vogue. (Précisons que si je sentais le doigt gluant de la poisse me tapoter l'occiput, ce n'était pas que Slat Vogue ait la réputation de taper ses adversaires comme un sourd. Non. Mais j'allais devoir le gifler, je ne le connaissais pas très bien (je l'avais rencontré deux ou trois fois chez les Muratti, et une fois au parc Monceau avec son fils, nous avions discuté pendant que le petit tournait sur le manège : ça ne suffit pas pour mettre des claques à quelqu'un sans scrupule), et tout de même, c'était un acteur. Et un humoriste. Célèbre.) Je me suis assis en face de lui, inquiet, battu avant même le début du match, comme ces boxeurs qui se décomposaient sur place dès que Mike Tyson montait sur le ring. Mais ce n'était pas bien grave car je n'avais pas envie de gagner, je voulais juste que ça se termine. Il a plissé les yeux et m'a dit en souriant :

– Attention, je vais te massacrer.

– T'emballe pas, fillette, dans deux minutes tu vas ressembler à ta mère. (Je m'adapte.)

Sur ces mots terribles, j'ai frappé le premier, une petite baffe d'écureuil – c'était toujours ça de pris. Il me l'a rendue, un peu plus appuyée. Je lui en ai remis une. Il me l'a renvoyée. J'ai répliqué aussi sec. Ah non, je tapais Slat Vogue.

Ça me gênait. Bon, ça a l'habitude de recevoir des gifles pour du beurre, un acteur. Mais quand même. En plus, avec cette barbe (c'est bien ma veine), ça n'arrangeait rien : ça ne claquait pas bien, ça faisait scritch, il fallait que je tape plus fort pour faire illusion (je voulais donner au public l'impression que j'acceptais de me battre, je ne pouvais pas me défiler tout de suite, à la manière d'une Bob Royale). Mais cette sensation de gifler un acteur, non. Gifler un mathématicien ou une vétérinaire, alors là, pas de problème, je suis sûr. Tiens, prends ça, ordure. Vlan. N'y reviens plus. Mais un acteur, je ne sais pas… Et pendant ce temps, la puissance des coups augmentait. J'ai essayé de me glisser dans la peau de Guthagon de Saint-Flour, disons, et à ma grande surprise j'y suis parvenu sans problème, en un éclair je me suis senti rustre et sans merci (je suis acteur ou quoi ?), mes mâchoires se sont serrées, mes cheveux ont poussé, des vêtements grossiers sont apparus sur mon corps, mais c'était pire : une brute du temps des châteaux forts qui frappe un acteur du XXI^e^ siècle, c'est la honte. Les claques fusaient, fouettantes, et ce diable de Slat Vogue continuait à sourire dans sa barbe, pris par le jeu, ripostant avec une belle assurance. Guthagon de Saint-Flour clignotait, sur le point d'être renvoyé à la vitesse de la lumière dans les limbes du passé, loin derrière nous. Après une dernière claque sur la joue de Slat, il s'est éteint (Guthagon, pas Slat), il a disparu (adieu Guthagon, repose en paix dans une clairière du Moyen Âge, près d'un château, de quelques chevaux et d'autres guerriers, immobile dans ce décor figé, plus personne ne viendra te déranger). Resté seul, j'ai capitulé aussitôt, en levant les deux mains en signe de reddition. Après tout, dans ce tournoi, il n'y avait rien d'autre à gagner que le prestige, et le prestige je m'en tamponne.

Pour que seuls quatre candidats restent en lice en vue des demi-finales, Alice Muratti et Jacques Kent se sont livrés à un duel de baffes de barrage (ce sont eux qui ont été choisis car ils avaient été qualifiés à la cuisse de fer, que Paul considérait comme moins noble que le duel de baffes (cette discipline, en effet, ne met en jeu que les muscles des cuisses, ce qui n'est pas glorieux)). Alice l'a emporté sans trop de difficultés, non parce que Jacques hésitait à démolir la maîtresse de maison, mais plus probablement parce qu'il préférait ne pas s'adonner à fond devant sa fiancée Bob à des activités qu'elle méprisait. En demi-finale, Hune de Wingen a battu Alice en duel de baffes, au terme d'un échange de coups véritablement effrayant qui a laissé la pauvre Avaugourg de Bénodet (Alice, donc) au bord de l'évanouissement, et Odilard de Kermarec est venu assez facilement à bout de Slat Vogue à la cuisse de fer, les acteurs ayant rarement des cuisses phénoménales. Il a été décidé que la finale, Hune de Wingen vs Odilard de Kermarec, se jouerait également à la cuisse de fer, car le duel Hune-Avaugourg avait laissé des traces, et tout le monde sentait, malgré l'alcool ingurgité (avant chaque rencontre, les concurrents s'envoyaient un petit verre pour chasser la peur et se réveiller le sang), qu'un pas de plus vers le drame serait un pas de trop. C'est Paul Muratti qui a gagné, et on a pu manger. Au fond de moi (pour la première fois depuis que je venais chez eux), je me demandais ce que je faisais là. Je n'avais pas faim, ni soif. Avant de m'installer à table, je me suis retourné vers le bouquet de fleurs du jeune prétendant.

# Quatre

Il n'est pas facile de se mettre à table après une telle débauche de rage, et sans période de décompression. Les premières minutes, on est encore dans la lutte, les convives sont pantelants, les yeux brillants, les joues rouges et la colère au ventre. Si on ne se raisonne pas, on casse son verre sur la tête d'Odilard. Mais Alice et Paul avaient le don de la transition (c'est toujours ça), et le temps que les pommes de terre soient servies, ils avaient sorti leurs invités de cette atmosphère de pugilat de foire pour les plonger en douceur, comme des petits beignets dans l'huile, dans l'atmosphère confortable d'un dîner chaleureux. En trois mots et deux gorgées, claques et défaites étaient oubliées.

Seule Anne-Catherine Fath semblait toujours en léger décalage, dans un monde voisin – finalement, elle n'avait été réellement présente, incarnée parmi nous, que lorsqu'il s'était agi de combattre –, s'en voulant peut-être encore d'avoir les cuisses trop faibles (mais, j'avais envie de lui dire, c'était très bien comme ça : une femme qui a les cuisses musclées, dures, est un monstre). Bob Royale ne parlait pas davantage mais ne paraissait pas absente, au contraire : elle boudait activement, gourde, pesamment, comme souvent. Jacques faisait mine de ne pas s'en soucier, mais on devinait qu'elle occupait une partie de son esprit, sur sa droite, qu'il sentait son poids en lui le déséquilibrer (nous savions tous que lorsqu'elle commençait comme ça, elle ne finissait pas la soirée sans lui cracher dessus ou l'assommer avec un objet quelconque). Si elle n'avait pas eu ces seins-là, ces vingt-quatre ans et demi, ce visage de top model et cette grâce de se laisser baiser chaque fois que Jacques en avait envie, de lui donner de bon cœur ses seins, son cul et tout ce qui allait autour comme on donne une cigarette, il l'aurait écartée de sa vie depuis le troisième jour – elle ne serait plus qu'un souvenir diffus, une fille dans Paris. Mais après tout, chacun ses armes, elle avait les siennes. L'écrivain savait peser le pour et le contre.

Paul découpait le cuissot. Il en a posé un gros morceau dans mon assiette, à côté des pommes de terre sautées. J'ai bu une gorgée de vin. J'ai pris ma fourchette et mon couteau, j'ai attendu que tout le monde soit servi. Belle viande. Non, j'ai reposé mon couteau, et bu une autre gorgée de vin. J'ai repris mon couteau. Ça doit être bon, ce cuissot, non ? C'est marrant, depuis que je me suis imaginé par hasard que ce chevreuil était possédé par l'envie de nuire jusqu'au-delà de la mort, je regarde son bout de cuissot d'un autre œil. Il me paraît, je ne sais pas, étrange. Pas possédé, il ne faut pas exagérer, mais tout de même : mystérieux. Je me fais des idées, ce n'est qu'un bout de cuissot. Il a appartenu à un chevreuil, c'est vrai. Il n'y a pas si longtemps. Un chevreuil qui avait peut-être un regard de fou. Qui reniflait furieusement, qui courait dans la forêt (à la manière d'un crocodile). Mais là, ce n'est plus qu'un morceau de viande. Bien cuit. Possédé ou pas, il ne peut pas me faire de mal.

Tout le monde mâchait gaiement. J'ai tenté de rappeler Guthagon de Saint-Flour, qui m'aurait déchiqueté ce truc-là à grands coups de dents, en riant à gorge déployée (« Fameux cuissot, messeigneurs ! Ha ha ha ! »), mais il restait figé dans sa clairière, des milliers d'années en arrière : non, plus personne ne viendrait le déranger. Alors bravement, dans mes vêtements noirs de quasi-quadragénaire parisien du troisième millénaire, avec mes petites dents qui jusqu'alors n'avaient broyé pour ainsi dire que du Babybel et des Knacki Herta, j'ai mastiqué délicatement la viande forte et avalé sans broncher l'âme du chevreuil aux yeux de fou.

Le portable d'Alice a sonné, un signe de l'extérieur du cube. Elle s'est levée pour le prendre sur une petite table du salon, puis est revenue s'asseoir. C'était Patrick Eudeline. La conversation a duré longtemps, et personne à la table n'a quitté Alice des yeux. Car en fait de conversation, c'était plutôt un monologue d'Eudeline : elle ne faisait que ponctuer ce qu'il disait, par des « Non ? », des « C'est pas vrai ! » et des « Quoi ? » qui ont fait tiédir les pommes de terre sautées dans les assiettes. Après avoir coupé la communication en secouant la tête, elle nous a raconté ce qui était arrivé à l'absent du soir.

Philippe, un ami qui était parti à Los Angeles, lui avait laissé à tout hasard les clés de sa voiture, une Golf presque neuve. Il ne comptait pas s'en servir, mais ce soir-là, il avait décidé de la prendre par flemme de traverser tout Paris en métro depuis Pigalle (il était de plus un peu en retard (les gens…)) et n'avait pas envie de filer encore vingt euros à un chauffeur de taxi qui le regarderait de travers à cause de son allure. (Un jour, nous étions ensemble à Monaco, quand un type l'avait abordé dans une ruelle pour lui demander à quel hôtel il était descendu. Surpris, il n'avait pas répondu (il faut être extrêmement docile et mécanisé pour répondre du tac au tac à ce genre de question posée à l'improviste par un inconnu). Mais l'homme avait insisté, sur un ton autoritaire qui nous avait laissés ahuris : « Je vous demande dans quel hôtel vous êtes descendu ! » (Cela fait à peu près le même effet que si quelqu'un vous barre le passage dans la rue, vous attrape par le bras et ordonne : « Dites-moi ce que vous avez mangé hier soir ! Et ne plaisantez pas avec moi, attention ! ») Ce n'était pas un dragueur pédé en goguette, ou alors il fallait qu'il révise sa méthode car elle était trop directe, elle foutait les jetons. Non, en fait, c'était un flic en civil. Et pas en goguette : sorti de l'ombre, il était venu droit vers nous. Enfin, vers Eudeline. Moi, j'étais habillé normalement. Une des innombrables caméras de surveillance l'avait probablement repéré (« Qui c'est, ce zozo ? »), et le type avait aussitôt été envoyé en reconnaissance, pour le passer à la question discrètement, sans faire de scandale. Quand Patrick lui avait donné le nom de l'hôtel, le Metropole Palace (l'un des plus classe de Monte-Carlo), et le numéro de la chambre, l'agent de contrôle du paysage avait hoché la tête et tourné les talons, supposant sans doute qu'il avait affaire à l'une de ces rock stars qui nous détériorent l'atmosphère de la ville.) Il s'était donc installé dans la Golf, et après quelques hectomètres prudents et poussifs, car il n'avait pas conduit depuis que Paris était devenue capitale de la France, il s'était senti plus à l'aise, ses bras s'étaient assouplis, ses jambes s'étaient détendues, il avait accéléré. (J'aimais beaucoup cet homme, Patrick Eudeline. Il avait raté son permis à vingt ans, à cause de ses platform shoes surtout, de ses lunettes noires et de ses cheveux, puis avait retenté sa chance un peu plus tard, avec des chaussures à peu près normales, sans lunettes, bien coiffé, et l'avait eu sans problème.) Mais il n'avait pas fait un kilomètre que juste devant lui une vieille femme avait essayé de traverser la rue comme un cheval une rivière. (C'est l'impression qu'il avait eue sur le coup, dans la panique, mais plus probablement elle avait juste essayé de traverser la rue comme une vieille femme une rue – sans regarder ce qui venait, cela dit, cacochyme inconsciente.) Il n'avait eu que le temps de la voir apparaître dans les phares. Craven a poussé un cri, Marie-Sophie horrifiée a frappé dans ses mains (ce qui a fait sursauter tout le monde à table car évidemment le « clap » évoquait le bruit d'une vieille femme flasque aplatie sur le bitume), Jacques Kent et Slat Vogue ont murmuré ensemble : « Oh non » et Paul Muratti s'est frappé la tête : paf ! Mais Eudeline en avait vu d'autres. Il a réagi dans la fraction de seconde, donnant un brusque et habile coup de volant qui lui a permis d'éviter la vieille femme et de percuter le trottoir de plein fouet. La Golf a rebondi brutalement, puis mollement. Le temps qu'il retrouve ses esprits (quand on n'a pas conduit depuis longtemps, ça émeut), la vieille avait filé, pour s'engouffrer probablement dans quelque maison de retraite voisine. Il allait redémarrer quand on a frappé à sa vitre (on dirait que j'y étais, mais je ne fais qu'interpréter de mon mieux le récit d'Alice, qui interprétait de son mieux celui d'Eudeline – si je m'autorise quelques fioritures, c'est pour le confort de lecture). C'étaient deux types qui buvaient un coup dans un bar proche quand ils avaient entendu un grand boum.

– Ça va, monsieur ?

– Oui.

– C'était quoi, vous avez eu un accident, là ? Ça a fait un putain de gros bruit.

– Non, ça va, j'ai tapé le trottoir, quoi.

– Oui mais… Oh putain, monsieur, venez voir.

Eudeline est sorti de sa voiture et l'a contournée : la roue avant droite était foutue, le pneu avait éclaté et la jante ressemblait à un cercle comme un triangle à un carré. Il était déjà tard, Eudeline a vu la tête de son ami Philippe, la dépanneuse de nuit, le trajet sinistre avec la Golf le nez en l'air, le mec du garage, en pyjama ou presque, le prix qu'il demanderait, la nuit à attendre, plombé par ce coup du sort. Eudeline en avait vu d'autres, bien sûr, mais tout de même, il s'est dit qu'il aurait été mieux avisé de filer vingt euros à un chauffeur de taxi qui l'aurait regardé de travers.

– On a un pote qui a un garage, monsieur, si vous voulez on peut lui donner un coup de fil pour voir s'il peut faire quelque chose. Enfin, c'est comme vous voulez.

Les deux jeunes types avaient l'air sympathique, et de toute façon, qu'est-ce qu'il pouvait faire ? La dépanneuse, les cernes du garagiste, la facture scandaleuse ? Ensuite le regret lancinant, durant des jours, d'avoir tapé un trottoir un soir d'automne pour éviter une vieille femme qui traversait la rue ? Il a accepté que les deux bonnes âmes surgies de nulle part appellent leur pote. Tout pouvait s'arranger en quelques minutes, il repartirait comme si rien ne s'était passé.

– Oh non ! s'est exclamé Luc Mérit.

Mais pour Luc Mérit c'était plus facile : il avait vu la tête d'Alice à la fin de sa communication téléphonique avec Eudeline. Et il était mathématicien, il savait que la première porte, celle qui s'ouvre le plus facilement, n'est pas toujours la bonne (les gangsters aussi, le savent, et les acteurs, les écrivains – tout le monde le sait, finalement (mais dans le feu de l'action, bien sûr, on saute même par la fenêtre, qu'on soit chanteur ou mathématicien)). Cela dit, Eudeline ne s'était pas encore engagé, il attendait d'entendre ce qu'allait lui dire le garagiste volant. Lequel est arrivé rapidement sur les lieux (ce type était diablement disponible). Après un rapide coup d'œil à la roue, il a déclaré que ça ne posait pas trop de problème, il avait une roue de Golf chez lui (formidable), il lui fallait dix minutes pour aller la chercher et un quart d'heure pour la poser. Ces trois garçons tombaient du ciel : dans vingt-cinq minutes, Eudeline pourrait se remettre au volant et se rendre chez les Muratti tranquillement, sans plus jamais penser à cette vieille folle furtive qui avait projeté sa voiture contre un trottoir, et qui mourrait bientôt sans laisser de traces de son passage. Il se doutait bien que la roue qu'on allait lui mettre ne serait pas marquée du label « Honnête et Pur », mais si on devait refuser tout ce qui n'est pas irréprochable, on errerait toute sa vie dans les rues entièrement nu, le ventre vide et l'air dépité.

Il a pris soin de demander combien ça lui coûterait avant de donner son accord, le spécialiste a répondu trois cents euros, Eudeline a trouvé que c'était extrêmement cher. Les trois anges lui ont expliqué qu'un pneu, ça coûtait cher, qu'une jante, ça coûtait cher, que la main-d'œuvre, ça coûtait cher, qu'il s'en serait tiré tout compte fait pour la même somme chez un garagiste classique et que le temps qu'il gagnerait avec eux, ça ne se chiffrait pas. Eudeline savait bien qu'il se faisait avoir, mais après tout pas tant que ça. Il a donc accepté et confié les clés de la Golf au garagiste amateur, auquel il faisait tout de même confiance, d'une certaine manière.

– C'est pas vrai… a soupiré Luc.

– Ça sent le mauvais plan, a pressenti Marie-Sophie.

– Je te le fais pas dire, a confirmé Paul.

– Je vous paie un verre ? a proposé Eudeline.

Les deux truands l'ont accompagné dans le bar d'où ils étaient sortis pour lui porter secours, et afin d'attendre agréablement que tout rentre dans l'ordre, il a pris une vodka orange – et eux deux verres de lait (il aurait dû se méfier, là). Ensuite, tout est allé très vite.

– Ben tu parles ! a fait Luc.

Un quart d'heure plus tard le garagiste est revenu avec les clés, c'était fait, Eudeline a réglé les consommations, est sorti vérifier que le travail avait été correctement effectué, la voiture était toujours là, la roue changée, et il ne manquait même pas l'autoradio. L'homme de l'art a montré la roue cabossée, inutilisable, qu'il avait déposée dans le coffre, le cric qu'il n'avait pas réussi à remettre correctement en place dans le logement exigu prévu à cet effet (c'est pas grave), puis a réclamé ses trois cents euros. Eudeline, loyal, a avisé un distributeur proche et est allé y retirer la somme, suivi comme son ombre par les trois escrocs en puissance, qui semblaient craindre qu'il n'essaie de les entourlouper (quand on vit dans un univers de mensonges et de coups tordus depuis l'enfance, on se méfie de tout le monde, même d'Eudeline). Lorsqu'il s'est retourné pour leur tendre les six billets de cinquante, ils l'encerclaient, le serraient d'assez près, et leur regard avait changé. D'une voix froide, l'un des deux buveurs de lait lui a demandé trois cents euros supplémentaires.

– Tiens, qu'est-ce que je disais ! (Luc.)

Mais là, Eudeline n'a pas apprécié. C'est le plus doux des hommes, mais si l'on touche l'un de ses nombreux nerfs sensibles, tout s'emballe. Il a changé de ton lui aussi, leur a expliqué qu'il ne fallait pas exagérer, que c'était bien comme ça, qu'ils pouvaient s'estimer heureux d'avoir gagné deux mille balles avec une vieille roue volée, il a enlevé ses lunettes noires (ses yeux livides sont inquiétants) et ses agresseurs, sentant monter très vite la pression bizarre face à eux, ont sans doute compris que le fait qu'ils soient trois ne changeait pas grand-chose pour lui. Ils l'ont bousculé un peu, mais sans réelle méchanceté, juste pour le tester, voir s'il ne se dégonflait pas, et comprenant qu'il ne se laisserait pas impressionner (ces yeux ne sont pas normaux), ils sont partis sans lui dire un mot, méprisants.

Eudeline les a regardés disparaître au coin de la rue, puis est retourné vers la Golf, soulagé de s'en sortir finalement si bien. Il a ouvert la portière, il s'est assis au volant, il a refermé la portière, il a démarré, il a passé la première, il a roulé cinquante centimètres et l'avant de la voiture s'est affaissé dans un grincement sinistre. Il a appuyé sur l'accélérateur. Elle n'avançait plus d'un millimètre, comme si elle avait le nez enfoncé dans le bitume. Il en est descendu, digne.

Les roues avant étaient parallèles comme les skis d'un enfant de cinq ans sur une piste rouge : la droite semblait vouloir tourner à gauche, et la gauche à droite. La voiture louchait, l'air bête et désemparé. Et le fait que ce soit une voiture, et non une créature vivante, rendait la chose encore plus triste et pitoyable, car elle n'avait même pas conscience de ce qui lui arrivait. Elle était là, plantée, les pinceaux emmêlés. Eudeline s'est mis à quatre pattes sur la route et a regardé en dessous : la barre qui reliait la roue avant droite au reste de la voiture, il ne savait pas comment ça s'appelait (moi non plus), était cassée. L'axe de je ne sais quoi, brisé comme un bout de bois. Il s'est redressé dans un état second. Paul s'est levé de table et s'est dirigé vers la cuisine, j'ai entendu la porte du frigo s'ouvrir et se refermer quelques secondes plus tard, tandis que Patrick s'en allait d'un pas de robot déglingué (de sa démarche skieuse, comme il dit) vers le bar où il avait offert du bon lait aux scélérats.

Le patron les avait vus ce soir-là pour la première fois. Personne au comptoir ne les connaissait. Si ça se trouve, la vieille fusée kamikaze était de mèche avec eux. C'était peut-être même le garagiste, qui trottait bossu, sous un foulard et un manteau usé. (« Opération réussie, les gars, à vous de jouer. ») N'importe quoi. Patrick a bu quelques vodkas orange pour essayer de se calmer, de réfléchir. Il faudrait appeler un dépanneur. Il est descendu fataliste de son tabouret, en pensant au lendemain pénible qui l'attendait mais d'abord à la soirée chez les Muratti, et après avoir demandé combien il devait pour les deux ou trois vodkas orange, il s'est aperçu qu'il n'avait plus sa carte de crédit.

Deux poings ont frappé sur la table, Slat a plongé la tête vers son assiette, Paul a poussé un cri rageur et Anne-Catherine Fath a laissé tomber son verre, qui a éclaté sur le carrelage blanc du sol. Eudeline avait beau fouiller désespérément sa mémoire, il ne se souvenait pas de ce qu'il avait fait de sa carte après avoir retiré les trois cents euros au distributeur. Il l'avait probablement rangée dans son portefeuille, même s'il ne se revoyait pas faire le geste, mais comment les trois fourbes avaient-ils pu la prendre ? Au moment où ils le bousculaient ? Et pourquoi auraient-ils remis le portefeuille dans la poche intérieure de sa veste ? Quand ? Comment ? Il avait gardé sa carte à la main ? Trente secondes avaient disparu de sa mémoire. Il les avait pourtant vécues à peine une demi-heure plus tôt, ce souvenir devait se trouver quelque part, tout près, le souvenir intact de chaque geste, mais il ne le retrouvait plus. Il ne retrouverait jamais ces trente secondes.

Il est sorti noter le numéro indiqué sur le distributeur maudit pour faire opposition, et a téléphoné aussitôt, encore ahuri comme si un géant lui avait assené un puissant coup de massue sur la tête.

(Le lendemain, il m'en a parlé deux jours plus tard, il apprendrait de la banque que les ordures – voraces, que le malheur les frappe, que leur vie soit courte, rats sans scrupule et sans âme –

avaient eu le temps de tirer tout ce qu'il était possible de la carte. Et ce n'était pas rien, car il avait eu la faiblesse (il s'était trouvé un peu ridicule dès qu'il l'avait eue en main) d'accepter la Gold que son banquier lui avait proposée après la remise d'un bon chèque d'à-valoir de son éditeur, en se disant qu'il n'aurait ainsi plus à calculer ce qu'il retirerait chaque semaine. Eux, ils avaient pu retirer, en une demi-heure, plus de mille euros. Avec le code qu'ils avaient vu par-dessus son épaule, bien sûr, donc la banque ne le rembourserait certainement pas. Or il avait pompé l'à-valoir jusqu'à la dernière goutte depuis bien longtemps. Quant au garagiste, le vrai, l'honnête, il lui remettrait la Golf de Philippe en parfait état pour plus de mille euros également. Au total, Eudeline paierait deux mille cinq cents euros pour avoir réussi à ne pas écraser une vieille dingue.)

Alice avait fini son histoire. À table, tout le monde se sentait désolé pour lui. Les visages étaient sombres, et les pommes de terre froides.

Chacun se rendait bien compte que ce n'était pas si grave, quelques milliers de francs, quelques centaines d'euros évaporés auxquels Eudeline ne penserait plus bientôt – il aurait pu tuer quelqu'un qui passait sur le trottoir ou s'exploser la tête dans le pare-brise en percutant un réverbère –, mais une certaine consternation régnait tout de même à présent dans la salle à manger au fond de l'impasse, pendant qu'il rentrait chez lui à pied, dans Paris la nuit, loin d'ici. Pour moi, à l'intérieur du cube Muratti, le choc n'allait pas tarder à se produire.

# Cinq

L'atmosphère avait irréversiblement changé. Les joyeux invités paraissaient plus amers, plus fatigués – au fond, personne ne se faisait de souci pour Eudeline, il aurait tenu le coup jambes et bras coupés, mais le récit de l'incident, qui s'était glissé jusqu'à l'intérieur du cube par le téléphone, rappelait sans doute à certains que dehors tout était instable, et avait en tout cas diffusé dans la pièce d'imperceptibles particules de gravité, de rigidité, d'inquiétude. Cependant, après quelques instants, quelques soupirs et grognements, les verres se sont remplis tout seuls et les conversations ont repris, naturellement, d'un verre plein à l'autre. Plusieurs anecdotes sont passées au-dessus de la table, d'Alice à Jacques et de Bob à Marie-Sophie, toutes plus ou moins liées au danger, aux coups du sort, à la traîtrise et à la perte de contrôle. Je n'étais pas bien. Quelque chose n'allait pas dans ma vie, je le percevais maintenant presque physiquement, à l'intérieur. Quelque chose qui était en rapport avec l'instabilité, la perte de contrôle. Et avec le vide. Non pas dans le monde mais en moi, ou du moins en moi comme dans le monde : je me sentais éparpillé et vulnérable. Désarticulé. J'étais ivre mais me voyais clairement comme une balle légère qui rebondit de manière aléatoire, ici ou là sans se souvenir du rebond précédent, sur un parcours bosselé qui la renvoie n'importe où, et plus le temps passait, bien sûr, moins je trouvais de cohérence au chemin, aux rebonds, à l'ensemble, plus la construction se disloquait. Je n'écoutais plus vraiment ce qu'ils disaient à table. Anne-Catherine Fath non plus, apparemment. Et c'est à ce moment-là que Paul a parlé de sa fille. Ça ne m'a pas tout de suite intéressé.

Le type avec qui elle vivait dans le Sud depuis trois mois, un voyou tchadien de la pire espèce, venait de disparaître avec le peu d'argent qu'elle avait encore, tous ses médicaments et la plupart de ses appareils électroménagers. C'était triste mais de toute façon, disait Paul, ça ne changerait pas grand-chose. Lui, en tout cas, avait baissé les bras depuis longtemps. Il l'avait aidée, ou du moins avait essayé, pendant de longues années, d'abord de toutes ses forces de père, expliquait-il, puis juste matériellement, par chèques, jusqu'à ce qu'il laisse tomber ça aussi, au bout de cinq ou six ans, car ça ne servait à rien : plus il lui donnait d'argent, plus elle se défonçait. Il avait aujourd'hui abandonné. Elle lui téléphonait de temps à autre, de moins en moins souvent. Elle avait trente-six ans, elle était toxico jusqu'aux plus petits globules, séropositive, peut-être même avec un sida déclaré, il ne savait pas vraiment, elle ne restait jamais plus de quelques semaines avec quelqu'un et toujours avec de sales types qui la frappaient ou l'arnaquaient d'une façon ou d'une autre, elle avait avorté un nombre incalculable de fois et fait trois fausses couches, reçu plusieurs coups de couteau, avait fait quelques séjours prolongés à l'hôpital pour des coups plus violents que d'autres et passé deux mois et demi en prison, elle faisait maintenant la pute de plus en plus régulièrement, vendait sa bouche et son cul pour rester encore un peu en vie, elle était devenue aigre et méchante, elle n'était plus que ça : de la haine et de la souffrance, elle avait le cœur détruit et le sang pourri. Sa mère était une actrice célèbre.

Je connaissais les Muratti depuis six ans, et je découvrais que Paul avait une fille. Ce soir-là, il était encore plus bourré que d'habitude.

La moitié des personnes présentes semblaient aussi surprises que moi. Manifestement, seuls Jacques Kent, peut-être Bob Royale (qui fixait son verre) et Luc Mérit étaient au courant de son existence. Et Alice, bien entendu – qui, à ce que j'en savais, avait récupéré Paul dans un état lamentable, mais combien de temps après sa rupture avec l'actrice, je n'avais pas envie de poser la question : tout cela me paraissait suffisamment sordide et inquiétant, l'état de cette pauvre fille et l'attitude ambiguë de son père, l'absence de sa mère qu'on admirait partout ailleurs – je préférais le laisser finir sans rien dire puis me lever de table pour aller m'asseoir quelque part avec un verre de whisky.

– Je n'ai jamais su quoi faire avec elle, je n'ai jamais su comment faire. L'année dernière, tiens-toi, elle a débarqué ici pour chercher de l'oseille, comme une hystérique, à cinq heures du matin, avec juste une chemise en plein hiver. J'ai refusé de lui donner quoi que ce soit, tu te doutes bien, à chaque chèque que je lui fais j'ai l'impression de la tuer. Là elle voulait pas de chèque, elle voulait du liquide. Elle a sorti un couteau et elle s'est tailladé le bras devant moi, devant son père, un grand coup de lame, elle hurlait, complètement dézinguée. C'est pas tout, elle s'est mise à m'asperger de sang en gueulant qu'elle allait me refiler son truc si je l'aidais pas, si je lui donnais rien, qu'elle allait me faire crever. Elle se rendait même pas compte que c'était mon sang qu'elle était en train de me balancer à la gueule, nom de Dieu, mon sang en version empoisonnée, tu vois ce que je veux dire, retour à l'envoyeur. Alice est descendue à ce moment-là, t'imagines la scène, bref, Céline l'a traitée de tous les noms. J'ai fini par lui filer son pognon, pas parce que j'avais la trouille de me faire contaminer, tu parles, pour ce que j'en ai à foutre, mais voir ma fille qui me crachait mon sang dessus, nom de Dieu, qui me détestait au point de vouloir ma mort, et vraiment, pas juste en pensée… Je pouvais pas. J'étais plein de sang, elle est partie sans dire un mot, vlan, elle s'est barrée en chemise avec son fric, pour aller Dieu sait où, chercher sa came et se la foutre dans les veines, Alice et moi on s'est regardés, en une seconde elle avait disparu et il n'y avait plus chez nous que du sang partout.

– C'est horrible, a dit Craven.

– Je sais pas comment on en est arrivés là. Sincèrement, j'ai cherché, tu penses, j'ai retourné le truc dans tous les sens, je comprends pas. C'est de ma faute, c'est sûr, je me fais pas d'illusions, mais j'y ai réfléchi t'imagines pas combien de jours et de nuits, j'arrive pas à savoir à quel moment vraiment je me suis planté. Et pourtant ça doit être une sacrée grosse connerie, que j'ai faite, parce que pour en arriver là, pour que ma fille soit sur le point de crever à trente-six balais et essaie de me faire crever avec elle, ça doit pas être le genre de connerie subtile qui passe inaperçue, à mon avis. Mais quoi ? quand ? Quand j'ai arrêté de la voir et que je me suis mis à lui envoyer des chèques, c'est sûr, je l'ai achevée, c'est une grosse connerie, mais j'en pouvais plus, c'était impossible, elle devenait trop violente, et de toute façon c'est pas ça qui l'a bousillée, c'est sûr, elle faisait déjà n'importe quoi, elle était déjà bourrée de came jusqu'à la moelle, elle vivait dans des squats avec des types qui la baisaient à tour de rôle. C'est avant, que j'ai raté quelque chose. À vingt ans, elle m'a appelé en pleine nuit de l'hôpital, elle s'était fait tabasser par deux types, elle avait la tête en bouillie et le médecin m'a dit qu'elle était gavée de je ne sais plus quel médicament pour les problèmes cardiaques, qu'elle avait failli y rester. Mais qu'est-ce que j'avais fait, moi ? Parce que c'est moi qui l'ai élevée, c'est moi qui lui ai donné ce que je pouvais lui donner pour qu'elle vive bien, alors forcément c'est moi qui me suis trompé quelque part. Mais elle était partie de la maison depuis à peine un an, c'est quand même pas de bonne heure, dix-neuf ans, et c'est elle qui est partie, c'est pas comme si je l'avais foutue à la porte à quinze ans, tu vois ce que je veux dire, comme on entend souvent quand les gosses déraillent. C'est encore avant, c'est sûr. Sa salope de mère s'est barrée elle avait même pas deux ans, la carrière, mes petits gars, la carrière et la gloire, mais quand elle était gamine, elle était, je sais pas, elle était normale, elle était gentille, elle était équilibrée, je demandais toujours à l'école si ça allait, pas de problème, et la femme que j'avais trouvée pour s'occuper d'elle dans la journée, ou le soir quand j'étais pas là, me disait pareil, tout se passait bien. C'était pas n'importe qui, cette femme, j'avais cherché longtemps, c'était une Tunisienne, quelqu'un de vraiment remarquable, j'ai jamais eu le moindre doute là-dessus, très cultivée, très patiente. Céline l'adorait, j'ai quand même pas rêvé. Et on est partis en vacances tous les deux, la petite et moi, en Italie, elle devait avoir huit ou neuf ans, c'étaient des vacances merveilleuses, je suis pas fou, elle riait tout le temps, elle m'embrassait tout le temps, c'était comme si elle se souvenait pas de sa mère, comme si elle avait jamais eu de mère, pas une fois je l'ai vue triste ou je l'ai entendue se plaindre de quoi que ce soit de ce côté-là, elle s'intéressait à tout, on parlait tous les deux pendant des heures, elle était pleine de vie, elle riait tout le temps. Maintenant c'est une sorte de monstre qui agonise. Il y a un moment où ça a basculé, mais pourquoi ? nom de Dieu, j'en sais rien. Vers douze ans j'ai remarqué qu'elle changeait, je t'ai raconté, Alice, et pas vraiment comme une histoire d'adolescence ou de puberté ou quoi, c'est pas qu'elle devenait méchante ou énervante, ou rebelle, on était toujours très proches, mais je sais pas, elle s'intéressait beaucoup aux garçons par exemple, beaucoup trop pour son âge, j'en trouvais de plus en plus souvent à la maison, des gamins, et c'étaient jamais les mêmes. À douze ans, tu vois ce que je veux dire. Et elle me parlait de ça comme si c'était tout à fait normal, alors j'osais pas trop la brusquer, ça me faisait plaisir qu'elle m'en parle, quelque chose comme de la complicité, j'osais pas trop la rembarrer. Mais ça s'est vite transformé, très vite, j'ai rien compris, en un an je me suis retrouvé avec une fille incontrôlable, et je savais pas quoi faire. L'année de ses treize ans, on est partis en vacances à Carcans-Maubuisson, près de Bordeaux, je sais même plus ce qu'on allait foutre là-bas, elle avait dû voir une photo dans une brochure ou quelque chose dans ce goût-là, et en trois semaines elle s'est fait sauter par tous les jeunes mecs de la région. Enfin presque, j'imagine. Là ça devenait inquiétant.

J'étais en train de boire une gorgée de vin. Je me suis interrompu, le verre entre les lèvres, avec comme une petite sonnerie de réveil à l'intérieur – bip bip bip. J'ai avalé, puis j'ai lentement reposé mon verre sur la table. Durant un court instant, j'ai hésité à dire quelque chose, mais instinctivement je me suis retenu, malgré l'alcool que j'avais ingurgité depuis le début de la soirée (on a ses réflexes). Paul continuait à parler, il racontait comment il avait surpris sa fille en pleine partouze dans leur appartement, un mercredi après-midi : il y avait des filles et des garçons en train de baiser ou de se toucher dans le salon, par terre dans la cuisine, dans son propre lit, et quand il était entré dans la chambre de Céline, elle était à quatre pattes sur son lit, se faisait prendre par un mec derrière elle et en suçait un autre, à quatorze ans, pendant qu'un troisième attendait son tour, debout à poil près de la porte. De mon côté, en reposant mon verre, j'avais failli dire :

– Oh ! Carcans-Maubuisson !

Car j'avais passé des vacances là-bas, moi aussi. C'étaient mes premières vacances sans mes parents, j'étais parti avec mes trois amis, Jo, Bub et Gwen, mes trois amis de toujours, auxquels je ne pensais plus assez souvent mais qui me revenaient brusquement en tête à cette table, devant ce verre à moitié vide, les trois autres pieds du beau tabouret de ma jeunesse, Jo, Bub et Gwen, que je n'ai pas quittés de huit à vingt ans, avec qui j'ai passé chaque jour de mon adolescence, avec qui j'ai tout partagé en grandissant puis que j'ai perdus de vue : ils sont loin, maintenant – les trois seuls vrais amis de ma vie, quoi qu'il arrive. Et nos premières vacances. J'avais seize ans. Nous avions choisi Carcans-Maubuisson, au bord de l'Atlantique, parce que Jo connaissait bien : sa grand-mère habitait à côté.

Paul ne s'arrêtait plus. Il était pressé de tout déballer, il avait le désespoir et la rage d'un homme qui va mourir et veut se libérer vite du malheur de sa fille, l'exposer tout entier sur la table pour ne pas rester seul avec ce poids, pour ne pas finir aussi chargé, seul avec sa douleur et sa honte. Plus personne d'autre que lui ne parlait, ses invités l'écoutaient, certains fascinés par le drame, qui prenaient un air bête, d'autres de plus en plus embarrassés, qui s'affaissaient. Il racontait à présent le jour des dix-sept ans de Céline, la famille était à peu près réunie pour la première fois – même sa mère était venue, un peu gênée, dans une vapeur de gloire. Il y avait un grand-père, deux grand-mères, des oncles, des tantes, des cousins et cousines, et quelques amis de Céline, des filles et des garçons. Au milieu du repas, elle s'était levée avec un garçon. Au bout de dix minutes, les autres jeunes gens étaient allés voir ce qu'ils fabriquaient, les tomates farcies n'allaient plus être mangeables, et n'étaient pas revenus non plus. Sur l'ordre d'une grand-mère agacée, une cousine s'était dévouée pour jouer les chiens de berger : elle était de retour trente secondes plus tard dans la salle à manger, blême et muette. Paul, tremblant, la mère et la grand-mère en colère s'étaient précipités dans le couloir. Ils n'avaient pas eu besoin d'aller jusqu'à la chambre de Céline : elle était sur le tapis du grand salon, affairée à satisfaire trois garçons en même temps, pendant que deux autres couples baisaient juste à côté. Le temps que Paul réalise ce qui se passait, tente d'assimiler la situation, il avait entendu des murmures dans son dos. Ils étaient tous là, en petit groupe de spectateurs épouvantés, les oncles, les tantes, les cousines, les cousins, l'autre grand-mère, le grand-père, serrés les uns contre les autres face à cette vision familiale de l'enfer. L'actrice s'était jetée sur sa fille en hurlant, l'avait tirée par les cheveux pour l'arracher à cette horreur, mais Céline riait comme une damnée, une bite dans la bouche. Le plus stupéfiant, c'était moins son comportement que celui de ses amis, qui avaient été si polis jusque-là. À moitié nus sur le tapis, ils se léchaient, bavaient, se frottaient, grognaient, se fourraient des doigts partout et s'empalaient de bon cœur devant ces braves gens incrédules qui ne leur avaient rien fait – au milieu du repas cette chair obscène par terre –, ils ruisselaient de vice sous les yeux de toute la famille réunie, serviette blanche à la main, pétrifiée. Deux cousins courageux avaient essayé de les séparer, mais c'était comme s'ils tentaient d'intervenir dans un film, les démons lubriques continuaient à se grimper dessus dans la vase et à s'engloutir les uns les autres sans se laisser troubler, sans même se rendre compte qu'on les bousculait, tourbillonnants, hermétiques au monde extérieur. Il n'y avait rien à faire contre la nudité, contre le sexe, l'assouvissement du désir, c'était bestial et invincible. Après quelques cris de dégoût et d'indignation, les grands-parents, les tantes, la mère, tout le monde était parti, laissant les tomates farcies dans les assiettes et Paul tout seul dans l'appartement avec les malades, qui s'étaient fait jouir jusqu'à cinq heures du matin – Paul seul abasourdi, enfermé dans sa chambre. L'anniversaire de Céline était raté.

Il faudrait appeler toute la famille le lendemain, pour essayer de s'excuser. Ses dix-sept ans, il y a si longtemps. Aujourd'hui, Céline, cette jeune fille sauvage, n'avait plus grand-chose d'humain, c'était un morceau de chair gangrené qui glissait vers la mort en poussant des grognements. La dernière fois qu'il était allé la voir dans le Sud, il ne l'avait trouvée qu'au bout de deux jours, sur le trottoir dans un quartier sordide de Marseille, elle ne l'avait pas reconnu et lui avait proposé une pipe pour vingt euros.

L'année de nos vacances à Carcans-Maubuisson était enfouie dans ma mémoire, perdue dans mon passé parmi bien d'autres années, bien d'autres vacances, d'autres lieux et d'autres histoires – dissoute dans le vrac de tout ce que j'avais vécu. Pourtant, je pouvais la retrouver, l'isoler : puisque j'avais seize ans à l'époque, la fille de Paul en avait treize, c'était donc probablement l'année où ils étaient là-bas tous les deux.

Je me suis levé de table, j'ai rempli mon verre de whisky et suis allé m'asseoir seul sur le canapé. Personne n'a fait attention à moi, le repas était presque terminé, les bouteilles vides, les invités sombres et mous. Paul parlait de plus en plus lentement, il arrivait au bout de son rouleau. Il racontait le dernier Noël qu'il avait passé avec sa fille, deux ans plus tôt. Alice avait fait de son mieux pour organiser une soirée agréable, intime et chaleureuse, avec de bonnes choses à manger et à boire, juste pour eux trois, et même un sapin, des cadeaux, des produits de beauté, des disques, des pulls dans de jolis paquets avec du bolduc, mais Céline cataleptique s'était endormie dix minutes après son arrivée, sur ce canapé (Paul a fait un geste triste de la main vers moi), et n'avait émergé que deux ou trois fois de toute la nuit, brièvement, pour réclamer du miel ou du riz au lait (il n'y en avait pas) avant de resombrer dans ses rêves noirs en bavant. Ils avaient mangé tout seuls, Alice et Paul, sans parler, à trois mètres de cette femme de plus de trente ans qui ronflait et grognait, tordue sur le canapé, et qui était la fille de Paul.

À Carcans-Maubuisson, j'avais rencontré une petite blonde de treize ans, qui m'était tombée dessus un soir dans la seule boîte du coin et que j'avais baisée le lendemain après-midi dans un champ – pour être précis, qui m'avait patiemment montré le lendemain après-midi dans un champ comment la baiser de manière à peu près satisfaisante, car ce n'était que la deuxième fois pour moi (la première, quelques mois auparavant, j'avais vaillamment essayé, pendant une dizaine de minutes pénibles, de m'immiscer à l'intérieur d'une certaine Catherine brune qui tremblait de tous ses membres, avec l'impression désespérante de forcer comme un butor sur deux pièces de puzzle qui ne pouvaient pas s'emboîter (un enfant l'aurait compris en trois secondes), jusqu'à ce qu'un puceau blagueur dont j'ai oublié le prénom pénètre dans la chambre tel un diable boutonneux et nous vide en hurlant de rire une bouteille entière de sirop de grenadine sur les corps), tandis qu'elle, la gamine de Carcans-Maubuisson à peine sortie de l'école primaire, semblait déjà bien entraînée, et même experte à mes yeux dans le domaine du rapport sexuel, dont elle connaissait tous les trucs et astuces. Comment s'appelait-elle ? Céline ? Peut-être Cécile, ou Aline. Ou Carine. Virginie. Émilie. Pauline. Ou Céline.

# Six

Bip bip bip. J'étais électrisé sur le canapé. C'était peut-être elle. Paul avait fini de parler (il s'était arrêté pensif, lourd, après le récit du réveillon qu'elle avait passé à dormir et à baver – il n'avait manifestement pas réussi, en en parlant, à se défaire du poids qui l'accablait, au contraire (même si je ne suis pas certain que ce poids l'accablait en dehors des moments où il avait une occasion d'y penser)), et ses invités accusaient le coup autour de la table, assommés. Ils n'avaient plus rien de brillant, ni d'original, leurs traits se brouillaient, leur peau se flétrissait. La soirée était, comme on dit, plombée. Les crocodiles se sont levés un à un et se sont dispersés dans la pièce, engourdis, marchant avec peine, l'œil morne (ceux-là n'étaient pas des crocodiles de compétition, ils n'auraient certainement pas pu rattraper un homme à la course, même un vieux peu sportif). Jacques Kent s'est servi un whisky, comme moi, Paul une vodka au goulot dans le frigo, Craven a changé le disque, Anne-Catherine et Marie-Sophie ont aidé Alice à débarrasser, Slat Vogue a téléphoné à sa fiancée, Bob Royale et Luc Mérit sont allés regarder le jardin par la baie vitrée. J'étais le seul à, discrètement, vibrer (à l'intérieur, car vu de l'extérieur, je devais avoir l'air aussi flasque et accablé qu'eux (« vu de l'extérieur » est un peu stupide, de toute façon : on est rarement vu d'ailleurs que de l'extérieur)). Je devais lutter contre l'envie de leur faire part de cette surprenante coïncidence, ce qui n'aurait pas manqué de revivifier l'atmosphère et de donner un second souffle salvateur à la fête, car j'avais le pressentiment que si je parlais (« Dis donc, incroyable, je crois bien que je me la suis tapée quand elle avait treize ans, ta fille ! »), le visage de Paul se tournerait mécaniquement vers moi après un temps de stupeur, ses yeux se plisseraient en deux fentes acides, il avancerait, d'une main calme il décrocherait un grand sabre du mur et me l'enfoncerait dans le ventre jusqu'à la garde en poussant un long soupir de délivrance. Alors bien sûr, je préférais me taire. Les sabres dans le ventre, merci.

Je ne savais pas si c'était elle, je n'avais aucune preuve, mais l'alcool qui rend tout simple et donne confiance m'incitait à penser que si. Sûr. À ce moment-là, quoi qu'il en soit, je ne ressentais encore que le choc, la surprise. J'étais, comme on dit, scié. Et euphorique, par conséquent, car même si j'avais vécu pas mal de choses (je le jure) et nombre d'aventures en trente-neuf ans d'existence galopante, je n'étais pas un habitué du phénomène de surprise, loin s'en fallait. En y réfléchissant, je m'aperçois même avec un certain désappointement (mêlé de perplexité) que je n'ai dans ma vie presque jamais été véritablement surpris (le truc qui fait bondir et pousser une exclamation, j'entends). Ce n'est pas gai à dire (ce n'est pas épouvantable non plus, on s'en passe), mais je me suis rarement retrouvé en situation d'étonnement qui sidère, bouche bée. (Pour donner une idée, je crois que la plus vive sensation de surprise que j'avais éprouvée jusqu'alors, c'était par une nuit d'hiver à Veules-les-Roses. Je m'en souviens comme si c'était hier. C'était, pourtant, il y a bien longtemps… Il était une fois le prince de la nuit (moi), seul sous la lune dans un village fantôme (Veules-les-Roses). Je sortais d'un restaurant où j'avais dîné seul, et seul client dans la salle comme tous les soirs, je rentrais à pied par la grande rue qui traverse le village de la mer à la départementale, j'avais trop mangé, il faisait froid, quand soudain j'avais aperçu une silhouette imposante qui avançait tranquillement vers moi au milieu de la route, à une centaine de mètres (sous ma lune). Même dans la journée, en ce mois décembre particulièrement humide et froid, il était exceptionnel qu'à Veules-les-Roses j'aperçoive une silhouette. Alors après onze heures du soir, n'en parlons pas : ça ne servirait à rien, c'est impossible. On comprendra donc que cette brusque apparition d'une âme vagabonde en plein cœur de la nuit m'ait étonné. (Non, qu'on se rassure, attention, ce n'était pas ça, la plus vive sensation de surprise de ma vie – je n'avais peut-être pas souvent été confronté à la stupéfaction, mais j'avais quand même quelques heures de vol, attention, j'avais quoi, une bonne trentaine d'années, je n'étais plus un poussin qui sursaute à tout bout de champ : voir quelqu'un marcher dans la rue, je connaissais.) Nos chemins allaient inévitablement se croiser, puisque j'avançais moi aussi au milieu de la route et que m'écarter pour aller chercher le trottoir aurait été, me semblait-il à juste titre, un aveu d'appréhension ridicule. Pendant que nous nous rapprochions l'un de l'autre, j'ai eu tout le temps de me demander qui pouvait être cet homme visiblement d'un certain âge, d'allure massive, qui se promenait d'un pas sûr et paisible dans un village désert et glacial plongé dans l'obscurité. Je n'en avais pas la moindre idée. Il y avait un réverbère tous les trente et un kilomètres, je ne pouvais donc pas distinguer son visage, mais sa démarche avait quelque chose de curieusement familier. Je connaissais pourtant très peu de monde à Veules-les-Roses, et personne de cette corpulence, sauf le boucher – mais je ne l'avais jamais vu marcher. D'où me venait ce sentiment, vague et difficilement exprimable, de familiarité, de reconnaissance ? Il n'était plus qu'à dix mètres de moi, il marchait lentement et regardait droit devant lui. J'essayais de garder un air naturel et détaché (très compliqué quand on s'apprête à frôler quelqu'un au milieu de nulle part, la nuit – rien n'est pire, question malaise, hormis les trajets à deux en ascenseur), je l'observais du coin de l'œil, très discrètement, et je sentais grandir en moi une impression de terreur – de celle qu'on ressent face à l'inexplicable –, ou du moins d'ahurissement : je ne pouvais pas croire ce que je commençais à comprendre. Mais il a bien fallu. À un moment ou un autre, il faut savoir se rendre à l'évidence. Et une seconde avant que nous nous croisions, ça ne faisait plus aucun doute. C'était Michel Galabru. Je me suis retenu de bondir en poussant une exclamation, car je craignais de lui faire peur. Mais aujourd'hui encore, des années plus tard, la surprise et l'incompréhension persistent.)

Je ressentais à peu près la même émotion en voyant apparaître, au milieu d'un dîner chez de vieux Parisiens, une jeune fille avec qui j'avais passé quelques heures dans un champ, en Gironde, plus de vingt ans auparavant. Et si je n'avais pas craint, cette fois, le sabre dans le ventre, j'aurais bondi du canapé et poussé une exclamation (c'est quand même la poisse, la vie m'offre deux surprises de taille, ce qui ne doit pas arriver à tout le monde, et à chaque fois, quelque chose m'empêche de réagir comme les autres, de profiter du choc, pleinement détendu). Quels chemins tortueux avaient dû prendre nos vies, la sienne et la mienne, durant tout ce temps, pour qu'elles se retrouvent ici ? J'aime les coïncidences (sans doute parce que je ne crois en rien d'autre et qu'il est tout de même agréable et rassurant de se rendre compte, de temps en temps, que nous ne sommes pas que des mouches perdues qui volent nerveusement en tous sens dans l'espace, sans raison, sans cohérence et sans espoir d'aboutir à quoi que ce soit – le hasard, c'est toujours ça de gagné sur le néant, sur le chaos du monde et l'inutilité de la vie), et cette coïncidence-là me paraissait extraordinaire. Je devais la garder pour moi mais je pétillais sous ma carapace. En me resservant un autre verre de whisky, je pensais des choses comme : « C'est quand même dingue, la vie », ce qui ne fait pas de mal, de temps en temps. Tous les autres semblaient plus ou moins abattus, brisés (à l'exception d'Anne-Catherine Fath, qui gardait la même expression étrangère, à l'écart), certains discutaient sans enthousiasme, dévitalisés, les plus faibles s'étaient réfugiés dans un coin en attendant un nouveau signal de bonne humeur, tous flottaient dans le trouble, en veilleuse. Mais moi, j'aurais rattrapé n'importe quel homme à la course.

Et puis, peu à peu, c'est reparti, car on oublie vite le malheur des autres. Je ne me souviens plus du déroulement précis de la fin de cette soirée, car j'étais saoul, mais je revois quelques images. Craven et Paul Muratti se disputent violemment pour une histoire d'argent, tous les deux sur des béquilles. Luc Mérit, qui est en train de perdre ses cheveux, réussit à convaincre Bob Royale de soulever son tee-shirt bleu électrique pour que l'assemblée puisse admirer ses seins parfaits, elle garde un visage sérieux, elle a des seins parfaits (je n'ai pas envie de toucher, finalement) mais il lui manque une jambe. Couvert de plaques rouges et de croûtes, Jacques Kent détourne la tête mais ne dit rien. Alice Muratti, près de la baie vitrée, parle d'une voix monocorde avec Slat Vogue et Marie-Sophie Boivin, qui rit beaucoup et pleure en même temps. Anne-Catherine Fath part la première, je crois, je réalise avec trois minutes de retard que je ne lui ai pas dit au revoir, à moins qu'elle ne soit venue m'embrasser, je ne sais plus. Luc Mérit, déjà chauve, propose un duel au sabre à Jacques Kent, qui refuse car un de ses bras vient de se détacher, puis à Slat Vogue, amorphe, qui refuse également. Luc Mérit s'écroule sur le tapis en se tenant la tête à deux mains. Je pense moins à Céline, après tout ce n'est peut-être pas elle, je me suis emballé, ce serait trop beau. Jacques Kent, dont la peau tombe en lambeaux, m'explique sur le canapé le sujet du roman qu'il est en train d'écrire, je me dis que j'ai de la chance, que dans soixante ans des gens dont les parents ne sont pas encore nés parleront de ce livre que l'auteur me raconte (je serai mort), Alice Muratti écoute aussi, assise à ma droite. Elle est toute fanée, petite, sèche et grise. Bien qu'elle ait le plus grand mal à tenir sur une seule jambe, Bob Royale donne une claque retentissante à Paul, qui s'emmêle dans ses béquilles sous la violence du choc et conserve l'équilibre de justesse : il entre dans une colère terrible et monte à quatre pattes dans sa chambre, où il va mourir, puis Slat Vogue quitte la maison après un coup de fil de sa fiancée, au moment où sa chair commence à dégouliner, peut-être Craven ensuite, en rampant, et c'est à peu près tout, Bob Royale frappe Jacques Kent, tous les deux s'effondrent dans un grand bruit d'os qui s'entrechoquent. Les crocodiles pleurent, mais le ragondin ne se laisse pas avoir (il a autre chose à faire que les consoler, il a sa place dans la jungle). Je ne sais pas quand je suis parti, sans doute tard car il me semble qu'il ne restait presque personne, des corps et des membres oubliés, je ne sais pas comment je suis rentré, j'ai dû trouver un taxi charitable ou très pauvre sur le boulevard, ou bien quelqu'un m'a ramené, un squelette ou un fantôme, il ne reste aucune trace dans ma mémoire, pourtant je suis revenu chez moi d'une manière ou d'une autre, entier. Et je me suis réveillé en sursaut à huit heures et quart, vaseux, mais le bouquet de fleurs dans la tête.

# Sept

À cette époque-là, je me levais tous les jours vers treize ou quatorze heures. Huit heures et quart, c'était le milieu de la nuit. J'avais dû dormir trois heures, au mieux, et c'est probablement la migraine qui m'avait réveillé, comme souvent lorsque j'ai trop bu. Mais pas seulement. Car d'habitude, quand je soulève une paupière dans ces conditions, je suis d'une humeur exécrable, je m'en veux, je me sens mal, je patauge dans un marécage de sommeil pâteux et me tords longtemps sous la couette de misère qui m'encombre, m'empêtre et me colle à la peau comme une ennemie, torturé par des pensées noires et des montées de panique. Mais cette fois, non. J'ai tout de suite senti de la lumière. Le temps de réaliser où j'étais, dans mon lit, je me réveille, et je n'avais qu'un mot clair en tête : Céline.

Ce que j'avais appris lors de la soirée avait eu le temps de reposer à l'intérieur, de décanter à mon insu, et m'apparaissait soudain plus nettement, sans la confusion consécutive à la surprise, sans les vibrations, sans le doute. J'ai ouvert les yeux et, malgré la fatigue qui me durcissait les muscles et le surplus d'alcool qui m'amollissait les entrailles, j'ai aussitôt su que c'était elle : Céline, c'était bien son prénom, ça ne pouvait pas être Cécile, ou Carine, ou Émilie, ces prénoms ne me disaient plus rien à présent, me semblaient vides et abstraits – la jeune fille que j'avais baisée adolescent dans un champ ne pouvait s'appeler que Céline. Ça, c'était du prénom dense, chargé, vivant, qui m'évoquait quelque chose. Et puis cette année-là, il ne devait quand même pas y avoir, dans le petit périmètre de Carcans-Maubuisson, en Gironde, soixante et une fille de treize ans qui en paraissaient vingt les jambes écartées et... Oui. Ça me revenait brusquement en regardant le plafond, comme si la petite blonde me parlait à l'oreille vingt-trois ans plus tard, oui, elle m'avait dit qu'elle avait avorté quelques mois plus tôt. Qu'elle habitait Paris. Et. Non. Non, comment avais-je pu oublier ce détail, ce n'était pas un détail, chez les Muratti ? Oui. J'avais vu son père.

Mon cœur battait si fort que j'ai dû m'asseoir dans le lit, pour ne pas me désintégrer sur le matelas. Ma tête tournait. Je me souvenais de tout, je revoyais dans les moindres détails l'après-midi que j'avais passé avec elle, mon esprit fonctionnait à plein régime (c'est ma spécialité) à peine quelques secondes après le réveil, comme une puissante machine qui se remet en route, qui sort des archives poussiéreuses enfouies sous des centaines et des centaines d'autres en vrac et les fait défiler derrière les yeux, aussi nettes que si elles avaient été rangées la veille. Tout me semblait lumineux, à l'intérieur et autour de moi. Céline, la petite blonde, nue dans le champ, il y a longtemps. Qui revenait maintenant.

J'étais excité comme un bambin, et je ne comprenais pas vraiment pourquoi. Ça n'avait rien à voir avec quoi que ce soit de sexuel, ni de sentimental, ce n'était pas le souvenir qui me troublait, c'était plus profond, plus violent, ça touchait à ma vie même. Je n'ai pas pu résister au besoin de me lever tout de suite (moi qui traînais toujours plus d'une demi-heure au lit, incapable de coordonner mes mouvements pour en descendre, pour atteindre le sol, surtout quand j'avais la gueule de bois) et d'aller, flottant au-dessus du parquet, allumer une cigarette dans le salon et m'installer sur le fauteuil. Mon fauteuil. En fumant, agité, léger, dans la lumière froide et pâle du matin que je connaissais peu, je commençais à comprendre ce qui me rendait euphorique. Je ne suis pas une bille qui roule vers la mort. Je ne suis pas non plus une mouche perdue qui vole n'importe où, sans autre passé que la vitre qu'elle vient de cogner et qui lui a fait changer de route. Et ce n'est pas simplement la coïncidence, qui me rassure et m'enthousiasme (après tout, deux mouches qui ont failli se percuter dans la cuisine du studio du premier étage peuvent se retrouver posées par hasard sur le même lustre du grand appartement du cinquième, ça ne fait toujours d'elles que des mouches (« Tiens, te revoilà. Je te retiens, toi »)). Quelque chose se forme en moi. Se solidifie. Quelque chose qui me rend heureux. (Si.) En terminant ma cigarette, je change, je me sens plus vaste, plus complexe, plus fort. Le passé qui revient me reconstitue. Il est avec moi. Il y a soudain un lien tangible entre mes seize ans et mes trente-neuf ans, un lien qui vient d'apparaître (les personnes qu'on fréquente de façon régulière, même depuis des années, ne créent paradoxalement pas ce lien, elles avancent avec nous, roulent la pelote avec nous), un fil auquel m'accrocher. Une fille. Qui n'existait plus, et qui existe.

Tous les soirs, Jo, Bub, Gwen et moi, on allait en boîte. Pour danser, montrer qu'on savait bien danser, et chercher des filles – qu'on ne trouvait jamais (si, on trouvait tous les soirs des filles qui voulaient bien nous embrasser, nous laisser leur toucher les seins (souvent des petits seins inquiets), mais ensuite on n'arrivait jamais à les emmener au camping pour les sauter, on ne savait pas comment s'y prendre, quels mots ou gestes spécifiques employer pour franchir le pas : toucher les seins d'une fille et coucher avec elle comme dans les films nous paraissaient deux choses aussi différentes et difficiles à enchaîner que manger des raviolis et sauter à la perche, par exemple – de toute façon, je crois qu'à cet âge-là, ça nous arrangeait plutôt de ne pas avoir à tenter les prouesses techniques qui amènent la femme à l'orgasme, on aimait bien les raviolis et on s'en contentait joyeusement (jusqu'à un certain âge, faut dire, y a rien de meilleur)). Je ne me rappelle plus le nom de la boîte, je confonds avec toutes celles de nos vacances suivantes ailleurs, le New Way, la Taverne, le Stirwen, les Chandelles, mais je sais que c'était à l'époque la seule de Carcans-Maubuisson, et qu'on ne payait pas l'entrée (on venait tous les soirs à l'ouverture, habillés à la dernière mode de la banlieue parisienne, toujours les premiers à danser, on tenait compagnie aux filles seules et on ne se battait jamais avec personne : il aurait fallu être pingre pour nous faire payer). Pour la boisson, on s'envoyait avant d'y aller un litre de bière à la terrasse d'un café, dans de grandes chopes qui impressionnaient tous les passants, on était des hommes (on devait avoir l'air crétin, à jouer les durs avec nos trois poils (quand j'en vois de ce genre, aujourd'hui (et il y en a des ribambelles), j'ai toujours un pincement au cœur)), puis on cachait dans un fossé, près de l'entrée de la boîte, une bouteille de mauvais whisky qu'on avait achetée dans l'après-midi chez Coop, et on sortait de temps en temps pour taper dedans, chacun notre tour, mystérieux et décadents.

Un soir, alors que je laissais parler mon âme sur la piste, avec cette souplesse africaine (peule, je dirais) et cette grâce lascive qui donnaient des vapeurs à toute créature de faiblesse dont les yeux innocents se posaient sur moi (elle est foutue) et faisaient aussitôt sombrer son cœur d'enfant dans le puits sombre et visqueux (et chaud, délicieux) du vice inévitable, une petite blonde s'est mise à danser juste en face de moi. (Quel culot, quel courage.) Elle était jolie, portait un tee-shirt blanc très moulant (elle avait de gros seins, malgré son jeune âge (je lui donnais une quinzaine d'années)), une petite jupe noire (la même matière molle, je ne sais pas comment ça s'appelle, que les joggings, comme c'était la mode à l'époque pour les jupes), et avait dans le regard quelque chose de terrifiant : l'assurance.

Elle me dévisageait en souriant et, moins de vingt secondes après son apparition devant moi, elle m'a caressé les cheveux, s'est hissée sur la pointe des pieds et m'a glissé directement sa langue dans la bouche (c'est extrêmement réconfortant, dans ce monde de maladresse et d'incertitude). Sous l'œil de mes trois amis stupéfaits (moins que moi), cette jeune beauté entreprenante m'a entraîné quelques instants plus tard vers une banquette somptueuse quoique pourrie, m'y a posé, s'est installée confortablement contre moi et a replongé sa langue dans ma bouche, ouvre j'y retourne, tout en me frottant consciencieusement sous la ceinture, avec une application et une régularité d'ouvrier ponceur. Pour ne pas être en reste, et me donner une contenance plus valorisante que celle d'une chaise qu'on travaille, j'ai glissé ma main sous sa jupe et me suis mis à frotter sa culotte entre ses jambes avec vigueur, en prenant soin de lui écarter suffisamment les cuisses et de lui remonter suffisamment la jupe pour que Jo, Bub et Gwen, qui s'étaient assis l'air de rien à une table voisine et lorgnaient vers nous, aussi discrets que trois rhinocéros planqués dans un coin de patinoire, puissent se rincer l'œil (ils voyaient mieux que moi, les salauds).

Nous nous frictionnions mécaniquement les organes génitaux depuis une bonne demi-heure quand une fille plus âgée (dix-huit ans au moins, une vraie femme) et son copain sont venus lui tapoter sur l'épaule (vous voyez pas qu'on est en train de s'astiquer, non ?), pour savoir si elle voulait venir avec eux à la plage. Elle était debout avant que j'aie eu le temps d'enlever ma main de sous sa jupe, et sautait de joie. Elle m'a demandé si je les accompagnais, d'un ton détaché, presque distrait, qui m'a fait comprendre que ça lui ferait plaisir, évidemment, mais qu'elle ne se tordrait pas longtemps de désespoir si je restais là – ceux qui ne savaient pas saisir leur chance, elle devait les oublier avant même d'avoir tout à fait tourné le dos. Le bras encore à moitié levé vers sa jupe, j'ai accepté aussitôt (elle aurait pu me proposer d'aller casser des cailloux dans une carrière, j'aurais accepté aussitôt). Je suis sorti de la boîte en lui tenant la main, derrière les deux grands, accompagné par les hurlements muets de mes trois amis, qui serraient les poings et priaient d'une part pour que j'arrive à bander, d'autre part pour que je n'éjacule pas trop vite, et enfin, si Dieu voulait, pour que ce soit un truc à quatre.

L'homme (un petit bourge à mèche de la pire espèce, quand j'y repense) avait une voiture incroyable, une Ferrari, une Jaguar ou une Porsche, que venaient sans doute de lui offrir son papa et sa maman pour l'aider à se lancer dans la vie. La femme, assise à côté de lui, était une brune incroyable, parfaite, belle et mince avec de l'élasticité dans tout le corps, trop vieille pour moi bien sûr mais qui me semblait incarner ce qu'on pouvait rêver de mieux sur terre en tant qu'homme exigeant mais simple, désireux de vivre dans le bonheur permanent. J'avais d'abord pensé que c'était la sœur de la mienne, mais après tout je n'en savais rien, c'était peut-être une copine, une cousine, une voisine. En tout cas, elle était ce qu'on pouvait rêver de mieux sur terre. Mais la mienne me convenait parfaitement. Je ne pouvais pas plus envisager avoir une quelconque histoire avec la grande qu'avec Isabelle Adjani ou Ava Gardner. Nous, les petits, nous étions assis à l'arrière, la voiture de course fonçait dans la nuit. Je ne réalisais pas ce qui m'arrivait. En quelques secondes, j'avais changé d'univers, téléporté de ma vie normale à celle-ci. Et ce n'était pas fini. J'avais, littéralement, l'impression d'être à bord d'une fusée qui partait vers Mars.

Sur la plage, éclairée par la lune presque pleine et deux réverbères au bord de la route, la grande et son blondinet se sont déshabillés. J'étais assis dans le sable à deux mètres derrière eux, à côté de la mienne : je n'étais que deux gros yeux, je ne bougeais plus un cil, je respirais comme un iguane en état d'hypnose. La femme. Après avoir enlevé son tee-shirt, elle s'est tournée vers nous pour nous dire quelque chose mais je n'ai pas entendu, je n'étais que deux gros yeux sur ses seins. Je ne pouvais pas croire que j'étais en train de *voir* ses seins. Je n'en avais pas encore vu beaucoup, des seins, et en tout cas jamais des comme ça, et jamais sous un aussi joli visage. Elle s'est retournée vers la mer et a défait la ceinture de son pantalon. J'entrais en vibration, j'avais peur que ça se voie. Elle a baissé son pantalon. Elle portait un string blanc. C'était la première fois que je voyais une fille en string. Elle avait des fesses fantastiques. Rondes et… rondes. J'allais bientôt émettre un son strident, trembler comme une machine infernale, puis exploser en mille morceaux bouillants. C'était trop pour moi, je n'avais pas encore le voltage nécessaire pour encaisser ça.

Je vivais un tournant de mon existence, et malgré les plombs qui sautaient un à un à l'intérieur, malgré l'odeur de grillé qui devenait incommodante, je gravais chaque fraction de seconde, chaque centimètre de son corps miraculeux dans mon esprit, et vingt-trois ans plus tard, ça tient toujours, tout est intact. (Je n'ai rien su d'autre d'elle, et ne saurai jamais rien d'autre que la forme de son corps, chaque centimètre, et la petite étiquette de son string – mais c'est toujours ça, et elle doit être loin de se douter qu'un quart de siècle plus tard, j'en parle encore.) Elle s'est mise à courir vers la mer avec son fiancé, qui, lui, avait même ôté son slip. J'étais à trois mille cinq cents kilomètres de la boîte et de mes trois amis, je venais de passer de l'autre côté, d'atterrir dans le monde de rêve des adultes, où tout est possible. Quand ils ont plongé dans l'eau noire, la petite blonde s'est re-matérialisée près de moi. Pendant trente secondes, je l'avais oubliée. J'ai alors compris que je n'étais pas un spectateur invisible, que nous faisions nous aussi partie de la scène, comme des personnes normales, et qu'il était éventuellement question que nous nous déshabillions nous aussi pour courir nus vers l'eau noire.

D'un côté ça me donnait des palpitations frénétiques, car ça signifierait que ma jeune partenaire allait enlever ses vêtements sous mes yeux, comme dans un peep-show en plein air (et elle, ce serait encore mieux que la grande, plus excitant, car elle était accessible et disponible, elle était à moi), de l'autre ça me nouait l'estomac car ça signifierait que j'allais devoir enlever mes vêtements devant elle d'un air décontracté puis courir vers la mer comme si de rien n'était, gracieux, or je savais bien que je n'étais pas prêt, pas encore acclimaté : ces gens étaient beaucoup trop détendus et naturels pour moi, ils connaissaient tout de la vie, évoluaient avec aisance dans le monde et ne se souciaient plus de rien. Je ne savais absolument pas ce que je voulais, j'étais perdu, j'avais mal partout.

Heureusement, elle n'a pas évoqué la possibilité de les imiter. Nous avons discuté dans la nuit atlantique, c'était reposant. Elle m'a dit qu'elle s'appelait… Céline, donc, qu'elle habitait Paris et qu'elle avait treize ans (ce qui m'a surpris et m'a paru tout de même un peu jeune, pas au point cependant de me faire reculer : deux ans plus tard, j'aurais pris mes jambes à mon cou en essayant d'oublier au plus vite que j'avais failli souiller une fillette, vieux vicieux, mais là ça ne me dérangeait pas le moins du monde, je n'avais après tout que seize ans, trois de plus qu'elle, et treize d'âge mental : tous les feux étaient au vert). Quand les deux grands très à l'aise sont revenus de leur baignade, essoufflés et ruisselants, et qu'ils ont compris que nous n'avions rien fait d'autre que parler (déboussolé, j'avais complètement oublié que nous étions peut-être aussi là pour que je la culbute en vitesse loin des regards – comme quoi, j'avais encore du boulot avant de devenir un homme, de ceux pour qui la vie est un terrain de jeu, viens là, petite, je t'offre un tour de manège), ils ont décidé qu'il était temps de retourner vers la boîte, la foule, les jeunes qui ne connaissent rien.

À l'arrière du bolide, Céline m'a fixé un rendez-vous pour le lendemain après-midi au croisement de deux routes à l'écart du village, vers l'intérieur des terres :

– Il faut quand même qu'on baise.

La veille encore, la seule idée de devoir être confronté à un rapport sexuel, avec tout ce que cela exige de technique et de précision, m'effrayait (les problèmes d'emboîtement et la grenadine collante ne m'avaient pas laissé que des souvenirs encourageants). Alors imaginer qu'on puisse me proposer un rendez-vous dans l'après-midi pour que je m'attelle à la tâche, comme si j'allais chez le dentiste, non, ça m'aurait glacé le sang. Mais ce que je venais de vivre sur la plage, loin de tout, m'avait transformé. Même si je n'avais rien fait, il me semblait avoir franchi un écran invisible contre lequel je butais depuis quelques mois, j'avais été tiré par la main dans l'autre monde et aussitôt intronisé (les deux adultes ne semblaient pas gênés par ma présence (quand on se met nu devant quelqu'un, c'est, je pense, qu'on le considère comme l'un des siens (ou comme un bébé, mais mon immaturité et mon manque de confiance en moi avaient des limites))) : je me sentais désormais capable de tenter le coup de la prouesse virile, même programmée. Du moins mentalement capable. Et puis la petite Céline paraissait si forte, si sûre d'elle. Cet aplomb dans ses yeux, à treize ans. Elle m'impressionnait. Elle s'occuperait de tout, c'était le genre de fille qui savait jongler avec les problèmes de la vie.

# Huit

Elle m'attendait au croisement des deux routes, assise sur une grosse pierre, calme et souriante. L'air un peu ailleurs. Elle portait un sweat-shirt rose pâle, un jean et des baskets blanches. En m'approchant, j'avais l'impression de rejoindre quelqu'un pour aller à la piscine, ou pour cueillir des framboises. Elle avait pu me voir venir depuis cent ou cent cinquante mètres, ce qui ne m'avait pas facilité la fin du parcours (le début et le milieu n'avaient pas été simples non plus, j'avais failli dix fois rebrousser chemin car mes jambes se dérobaient sous moi, ce qui n'est pas bon signe avant l'amour) : comme la plupart des gens, je n'arrive plus à enchaîner naturellement les pas quand je me sais observé (par le vigile à la sortie d'un magasin, par exemple), alors me sachant observé par ma future partenaire de rapport sexuel, j'étais tout englué de malaise. Je me voyais marcher vers elle en tenant un énorme pénis turgescent à la main, et ça ne m'allait pas.

Évidemment, je n'avais presque pas dormi, évidemment je m'étais trois cents fois représenté la scène et les différentes positions qu'il faudrait prendre, les détails qu'il ne faudrait pas oublier (le clitoris, surtout ne pas oublier le clitoris – si je le trouve !), évidemment mes trois amis m'avaient bombardé de conseils et de puissants sorts pour me donner de la vigueur, évidemment j'étais transi de peur. Évidemment, je regrettais d'avoir accepté ce rendez-vous lubrique, porté par je ne sais quel élan insensé, croyant naïvement qu'il suffisait de voir deux majeurs nus pour se métamorphoser et se permettre de prendre tous les risques. Ce que j'avais bien assimilé, tout de même, c'était ce côté « monde de rêve des adultes, où tout est possible ». À dix mètres de Céline, il n'était déjà plus question pour moi de sa sœur ou cousine sensationnelle, elle était belle et je l'avais vue en string, d'accord, mais je n'allais pas en faire un opéra. Ça me paraissait à présent presque anodin. Seule Céline comptait, qui m'attendait dans son sweat-shirt rose pâle. Et son jean. Car ce qui allait se passer, là, avec cette fille qui m'attendait sur une pierre dans son sweat-shirt rose pâle et son jean, avec cette fille que je ne connaissais quasiment pas, c'est que j'allais lui dire bonjour et ensuite la baiser. Voilà ce qui allait se passer. C'est un peu autre chose que de voir une femme de dix-huit ans en string, il me semble. Donc, réellement, tout était possible. « C'est quand même dingue, la vie », me disais-je déjà à l'époque.

Elle s'est levée pour m'embrasser, et m'a aussitôt montré du doigt le champ qui se trouvait derrière elle, légèrement en hauteur par rapport à la route :

– On va là ?

Guillerette, elle a grimpé le talus comme un cabri sans attendre ma réponse – de toute façon, que pouvais-je répondre ? « Non » ? Elle savait que je ne pouvais que la suivre et bien sûr je l'ai suivie en regardant ses fesses, si inquiet et concentré que je n'ai pas songé une seconde à me demander s'il était bien raisonnable de laisser libre cours à nos instincts animaux à quelques mètres d'une route où des voitures passaient peut-être de temps en temps. Mais apparemment, elle connaissait bien le principe de l'amour en plein air : après une dizaine de pas, elle a brusquement plongé dans l'herbe et s'est allongée sur le dos (holà, c'est déjà parti, là ?), puis, après un regard vers la route en se redressant sur un coude, elle s'est relevée d'un bond, a parcouru quelques mètres encore pour s'éloigner de la civilisation et s'est de nouveau effondrée.

– Voilà, c'est bon. Tu viens ?

Ému jusqu'à la moelle, je me suis assis près d'elle (car je n'aurais pas su comment me coucher directement, je n'aurais pas osé me rouler d'emblée sur elle à la barbare et, dans la panique, je me serais peut-être allongé sur le dos à côté d'elle, ce qui n'aurait pas constitué une introduction idéale à notre après-midi pornographique (« Tu as vu, il y a peu de nuages »)).

Effectivement, même assis, on ne voyait déjà plus la route, et les éventuels conducteurs ne pourraient repérer que ma tête. Dès que je serais descendu d'un cran (ça va venir, deux petites secondes, je m'imprègne de l'atmosphère), ils ne verraient plus rien. Je ne sais pas ce qui poussait dans ce champ, dans mon souvenir c'est vert et assez haut, une cinquantaine de centimètres, comme de l'herbe géante – mais je ne crois pas que les champs d'herbe géante existent, alors je ne sais pas, il devait s'agir d'un fourrage quelconque (j'ai bien conscience que cette lacune descriptive nuit sensiblement au réalisme de la scène, mais je crois qu'il aurait pu pousser des tomates bleues, dans ce champ où je m'apprêtais à m'accoupler à une fille, je n'en aurais gardé qu'une vague sensation d'anomalie agricole, d'étrangeté dans le décor – et puis pardon, un souvenir n'a pas à être réaliste : plus rien n'existe).

Pendant que je m'imprégnais tant bien que mal de l'atmosphère, Céline sur le dos se préparait déjà à recevoir l'hommage : elle avait dégrafé sa ceinture rouge et baissé son jean jusqu'aux genoux, en soulevant les fesses. Elle portait une culotte blanche à petites fleurs bleues, genre huit-dix ans. En s'asseyant pour délacer ses baskets, elle a posé sur moi un regard étonné :

– Qu'est-ce que tu fais ? Tu te déshabilles pas ?

– Euh, si, si. Je réfléchissais.

– J'espère que t'es pas venu que pour réfléchir, hein. Allez, plus vite on commence, plus on pourra baiser de fois. Il faut que je sois à la maison à six heures, j'ai un copain qui doit passer.

Il allait falloir baiser plusieurs fois, misère. J'ai pensé à mes amis, qui devaient s'amuser quelque part. Avec des bourdonnements dans la tête, j'ai commencé moi aussi à me débarrasser de mes vêtements, sans grande décontraction (et sans grâce insolente). À cette période de ma vie, j'avais de sérieux problèmes avec la notion de nudité quand c'était à moi qu'elle devait s'appliquer (mon corps n'avait pourtant rien de particulièrement ingrat, j'étais grand et mince, plutôt musclé, j'avais le ventre plat, les fesses rondes et la peau douce (ah, si j'avais su)). (Pour donner un exemple, nous avons passé cette année-là un mois « à la mer », et pas une fois je ne me suis mis en maillot, ni même torse nu – je me suis même baigné à deux reprises tout habillé, devant les estivants consternés et dégoûtés. Alors me retrouver entièrement nu devant une fille, sans le moindre voile protecteur et au milieu d'un champ, représentait pour moi une épreuve digne des plus grands moments olympiques.) De plus, j'avais déjà pris à l'époque l'habitude de me déshabiller toujours debout, mais là, juste en face d'elle, je n'osais pas – pourquoi pas en musique, aussi ? Assis, je me sentais extrêmement empoté, je m'emmêlais dans les tissus, je n'étais pas assez souple, mon jean était trop serré, je levais les jambes et basculais en arrière, je me tortillais pour baisser mon slip et enlever mon tee-shirt en même temps, j'avais l'impression d'être Houdini tentant de se libérer d'une camisole renforcée de chaînes et de cadenas, en moins efficace.

Enfin nu, j'étais devenu l'incarnation de la vulnérabilité. Il me semblait qu'un papillon qui se serait posé sur mon épaule m'aurait laissé une plaie ouverte. Mais je n'ai pas eu le temps de rougir, car j'ai réalisé à ce moment-là que Céline était nue aussi. (Ça m'apprendra à ne penser qu'à moi.) Allongée sur le dos, les mains croisées sous la tête, elle m'attendait. Toute nue. Et j'ai compris instantanément ce que la nudité pouvait avoir de beau, de fort, et non de faible. Céline était soudain devenue, en quelques secondes que j'avais loupées, l'être le plus intense et le plus puissant du monde. Les seins, les hanches pâles, la peau, le corps lumineux et le mystère entre les jambes, juste en face de moi.

Toute la création (animale, végétale et minérale), les poissons qui vivent dans l'ombre, les insectes les plus insolites, les chevaux, les forêts, les jungles, les fleurs, les eucalyptus, les fraises ou les champignons, les rivières et les océans, les banquises, les vallées verdoyantes et les plus hautes montagnes n'arrivent pas à la cheville d'une fille nue couchée par terre. C'est ce que je me disais. (À peu près. En fait, je me disais : « Mon Dieu », mais avec le recul, je peux développer un peu.) J'étais extrêmement troublé, bombardé d'émotions violentes et de sentiments confus, l'émerveillement, l'embarras, le désir, la fierté, la peur. Et une sorte de malaise que je ne reconnaissais pas consciemment au milieu de tout ça, et sur lequel de toute façon je n'aurais pas eu envie de me pencher, mais que je comprends mieux aujourd'hui : ce qu'elle m'offrait me fascinait, bien sûr, et m'éblouissait (toutes les filles que j'avais maladroitement tripotées jusqu'alors, dans leur chambre ou celle de leurs parents, et même celle que j'avais écrasée de mes efforts avant le déluge de grenadine, avaient gardé leur tee-shirt, leur culotte, ou leur pantalon à mi-cuisses, c'était de l'assaut rapide et du secret volé, surtout pour faire sentir mes doigts à mes amis ensuite : en voir une absolument nue qui m'attendait, tout à coup, c'était enivrant, comme pour Ali Baba, j'imagine, quand il s'est retrouvé dans la caverne des quarante voleurs), mais quelque chose me dérangeait instinctivement dans ce que je voyais, et me mettait mal à l'aise. À treize ans, le corps de Céline semblait déjà un peu usé. Rien d'effrayant ni de vraiment triste (pour un apprenti, c'était même plutôt excitant) :

il avait juste pris quelques années d'avance sur elle. Trop de garçons étaient passés dessus avant qu'il ne soit tout à fait fini, certainement. Ses seins paraissaient un peu trop mous pour son âge, ses hanches un peu trop lourdes, elle avait de petites vergetures sur le ventre, et même dans la couleur de sa peau, un peu trop blanche, il y avait déjà de la fatigue.

– Tu veux me prendre dans quelle position, d'abord ?

– Euh… Je ne sais pas, comme tu veux.

– Allez, la plus simple pour commencer. Viens.

Elle a écarté les jambes et, les bras le long du corps, m'a souri très naturellement pour me donner du cœur à l'ouvrage. Je me suis avancé vers elle sur les genoux, sans bien comprendre ce qui était en train de se passer, ni bien savoir comment j'allais m'y prendre. Mais il fallait y aller, je ne pouvais pas la faire attendre ni la décevoir : elle me regardait avec beaucoup de douceur et d'indulgence. L'approche à genoux n'était pas commode, je faisais animal estropié qui va saillir. Je suis tout de même arrivé cahin-caha jusqu'entre ses cuisses, face à l'objectif.

– Tu as une belle bite. Tu aimes ma chatte ?

– Merci.

– Tu aimes ma chatte ?

– Oui.

Elle disait « bite » et « chatte », j'étais complètement paniqué. À seize ans, il ne nous serait jamais venu à l'esprit, à mes amis et à moi, de prononcer ces mots d'adultes, ces mots trop simples de grands guerriers du sexe rompus à toutes les manœuvres, familiers des situations les plus incroyables, qui emploient ces termes de jargon technique pour faciliter le truc et sans même y prêter attention, machinalement dans le feu de l'action, comme on emploie des outils de base qu'on manie depuis des années – après tout ce n'est qu'une chatte, ou une bite, on ne va pas non plus en faire un fromage. (Pardon.) Nous, on avait bien sûr passé le stade des « zizi », « minette » ou « fri-fri », mais, probablement pour rendre les choses ridicules et moches, et donc moins inquiétantes, on disait « braquemart », « pine » ou « cramouille » (beurk). Et d'une minute à l'autre, cette jeune fille me demandait si j'aimais sa chatte ? Au secours. J'avais répondu oui automatiquement, sans y penser, avec juste ce mot « chatte » en tête, en me demandant toutefois vaguement pourquoi elle me posait cette question saugrenue car je ne voyais pas comment il était possible de ne pas aimer une chatte. Je n'imaginais pas qu'il puisse exister sur terre un seul type assez tordu pour répondre : « Moyen. » (Elles sont différentes les unes des autres ou quoi ?)

– Dis-le.

– Quoi ?

– Que tu aimes ma chatte.

– J'aime ta chatte.

(Elle est folle.) En m'entendant dire ça, « J'aime ta chatte », j'ai senti une explosion mâle en moi. Je devenais un puissant guerrier du sexe, un amant désinvolte qui n'a peur de rien, un homme. J'aime sa chatte, elle est juste devant moi, alors pourquoi ne pas y aller faire un tour ? Ça ne coûte rien. Céline, tu vas voir, je vais te troncher. Non ! qu'est-ce que je raconte ? J'ai quel âge ? Je vais te baiser, tu vas voir.

Je ne sais par quel miracle, je bandais. Tremblant et pataud, j'ai posé une main de chaque côté de son corps et me suis couché sur elle avec l'agilité et la légèreté d'un tronc d'arbre qui tombe.

– Aïe, attends, tu me fais mal, là.

– Pardon.

Je me suis soulevé légèrement pour qu'elle puisse respirer et dégager ses bras, et avec un sourire reconnaissant, elle a pris ma bite (oui, ma bite) dans sa main (au fait, elle a dit qu'elle aimait ma bite, tout à l'heure ? – j'ai rêvé ou quoi ?) et l'a enfoncée en elle d'un geste simple et précis, comme on met négligemment un briquet dans sa poche. Quoi, déjà ? C'était d'une facilité stupéfiante, ça rentrait tout seul, du premier coup et sans effort : naturellement. Comment je m'étais débrouillé pour buter si longtemps contre la fille grenadine, qu'est-ce que j'avais fabriqué, à me tordre dans tous les sens et à pousser comme un âne enragé, alors que ce n'était pas plus compliqué que d'entrer dans une pièce ? (Je vois le type (moi, donc) qui veut passer du salon à la chambre, marche vers la porte ouverte et boum tape dans le chambranle, recule en fronçant les sourcils, se décale d'un pas, observe la porte, avance et vlan se cogne de l'autre côte – ce type n'est pas un grand guerrier de la maison.)

Je me suis mis à aller et venir calmement, ahuri par ma chance. Cela dit, c'était humide et chaud mais je n'en profitais pas, je me foutais complètement de mon plaisir, j'essayais seulement de réaliser ce qui était en train de se passer. Je suis fort, je baise une fille, c'est la classe. Je suis un vieux briscard. D'une voix douce et bienveillante, elle m'encourageait :

– Oui, c'est très bien. Vas-y. Comme ça. C'est bon. Très bien. J'aime beaucoup ça.

Elle semblait aimer ça comme moi le football, mais après tout je n'étais pas le mieux placé pour juger, je n'avais pas souvent vu de femmes en proie à l'extase charnelle, en tout cas jamais ailleurs que dans les films (et on connaît les actrices, c'est chique et compagnie). Pourtant, j'avais lu quelque part, dans *Union* je crois, que la jouissance de la femme était sept fois supérieure en intensité à celle de l'homme, et ça m'avait impressionné (ce sont des extraterrestres, ces femmes). Là, même vu de près, ce n'était pas très spectaculaire. Mais si ça se trouve, on se fait des idées, les femmes intériorisent beaucoup, elles prennent un plaisir insensé mais ça ne se voit pas forcément (j'avais lu quelque part, dans *Union* peut-être, que les femmes, en amour, étaient très cérébrales – ça devait être ça). Quoi qu'il en soit, le principal, c'est qu'elle me laisse faire. Si elle se met à crier, à gesticuler ou je ne sais quoi, je risque de me déconcentrer et de faire n'importe quoi.

– Très bien. Vas-y. Encore.

Même prononcé avec la sérénité d'un lama tibétain, ce « encore » (elle en veut, celle-là !) m'a procuré un orgasme immédiat. J'étais à la fois gêné et soulagé. Ça n'avait pas duré plus de deux minutes, mais c'était fait.

– Tu as joui ? Ça t'a plu ?

– Oui.

– Il te faut combien de temps pour récupérer, à peu près ?

– Oh, dans les cinq minutes…

Quatre, cinq, quoi. Parfois six, quand je suis crevé. En attendant, nous avons discuté, couchés l'un près de l'autre dans l'herbe géante. Voyant que je regardais son ventre, et les fines vergetures qui le zébraient, elle m'a expliqué qu'elle avait avorté quelques mois plus tôt et que c'était aussi pour ça que ses seins étaient désormais un peu mous (en bon dadais d'apprenti, j'ai hoché la tête d'un air grave et entendu, je comprends mieux, d'accord, mais en y repensant je me demande bien dans quel pays barbare elle a dû se rendre en cachette pour se faire avorter à six ou sept mois par un faux médecin vénal et sanguinaire). Elle m'a raconté qu'elle allait redoubler sa cinquième, ce qui m'a tout de même fait un drôle d'effet (quand je me souvenais de ma cinquième, je me représentais en short, et c'est tout juste si je ne me voyais pas encore avec un doudou), c'est à peu près tout ce que j'ai su d'elle (si je pouvais intervenir maintenant dans cette scène passée, je lui demanderais de me parler de son père maladroit, de sa mère actrice, de ses cinq ans, de ses dix ans – mais c'est impossible, cette scène lointaine est close, hermétique : perdue dans le passé et imprimée de manière définitive). Ensuite, décidément surprenante et attentionnée, elle m'a posé tout un tas de questions sur moi. Mes amis, l'école, le camping, ma sœur, mes parents, le basket, mes amours. C'est sûr, je ne m'étais jamais senti aussi angoissé que nu dans ce champ avec cette vicieuse sans limite, mais je ne m'étais jamais non plus senti aussi bien.

– On peut y aller, tu es prêt ?

– Je ne sais pas, je…

– Cette fois, tu vas me prendre en levrette. D'accord ?

– D'accord.

– Si tu veux, je peux te branler un peu, pour que ça revienne ?

– Oui, pourquoi pas ?

Et quelques instants plus tard, j'étais à genoux derrière elle et j'avais repris consciencieusement l'exercice, aussi concentré et peu détendu que la première fois, osant à peine poser mes mains sur ses hanches par crainte de la déranger dans son plaisir (« C'est bon, ce que tu me fais, j'aime ça, c'est très bien, tu me rends folle » – quelle maîtrise, cette fille est bouddhiste ou je ne m'y connais pas), mais sentant malgré tout monter en moi, lentement, et pour toujours, je le savais, la confiance, la tranquillité, le confort de l'expérience. Presque blasé (j'avais déjà baisé cette fille), je regardais le village, au loin, en essayant de me donner un visage décontracté, sobrement éclairé par le bien-être – mais c'était inutile car elle ne me voyait pas : elle ne bougeait pas d'un centimètre et nous regardions dans la même direction (c'est ça, l'amour).

– Vas-y. Continue comme ça. Encore.

J'ai vite bloqué mes yeux sur le clocher de l'église et imaginé le curé en slip sous sa soutane, ce qui m'a permis de tenir une minute de plus. Je passe maître dans l'art d'aimer.

– Fais-moi tout ce que tu veux.

Le curé s'est évaporé car je n'ai pas pu m'empêcher de chercher ce qu'elle voulait dire par là. Qu'est-ce que je pouvais lui faire de plus ? Le temps que je réfléchisse et imagine deux ou trois trucs farfelus, il était trop tard. (Non, curé, non, ce n'est plus la peine, laisse-moi, maintenant, va te rhabiller – laisse-moi, je te dis !) Mais visiblement, le fait que l'affaire soit vite bouclée ne la dérangeait pas plus que moi.

– C'était super. Cinq minutes ?

Dans les deux heures qui ont suivi (j'ai pu ce jour-là établir une sorte de tableau des temps de récupération nécessaires en fonction du nombre de rapports antérieurs (les cinq minutes ne valaient qu'après le premier), tableau qui m'a servi de repère pendant de longues années, en tenant compte, bien sûr, des adaptations nécessaires au fur et à mesure de l'avancée en âge, car à seize ans on a la fougue dans le corps, tandis qu'à trente-cinq, moins), nous avons remis ça deux autres fois. La première sous le titre : « Maintenant je vais m'asseoir sur toi, c'est pratique parce que je peux frotter mon clitoris en même temps » (et effectivement, ça nous a apporté un plus : elle disait « Génial » et rejetait la tête en arrière (ce qui m'arrangeait, par ailleurs, car j'aurais été bien incapable de composer l'expression du visage appropriée si j'avais dû la regarder dans les yeux)), la deuxième annoncée de la manière suivante : « Si tu peux encore, on se remet comme au début mais je pose mes jambes sur tes épaules, comme ça tu iras très profond », le tout ponctué de remarques techniques mais toujours exprimées avec simplicité et prévenance (alors qu'elle aurait eu bien des occasions de se moquer de moi pour pimenter l'après-midi), « Essaie de ne pas faire taper tes couilles, le bruit me fait rire » ou « Je te propose pas de m'enculer parce que ça me donne envie d'aller aux toilettes ».

À seize ans, pour ce qu'on peut presque appeler une première fois, ça secoue. Je m'attendais à pas mal de choses avant d'entrer dans l'univers mirobolant du sexe entre adultes, mais là j'étais dépassé. Il faut savoir admettre que l'imagination a ses limites, et se montrer humble face au spectacle étourdissant de la réalité. Pourtant, tout en restant modeste, docile, et malgré l'agitation qui me désorganisait l'esprit, j'essayais d'être à la hauteur, de ne pas me tromper dans les gestes qu'elle attendait de moi et de me maintenir en permanence entre la nonchalance excessive et la fébrilité – d'une part pour lui faire plaisir (car vraiment je l'aimais bien), de l'autre pour qu'elle comprenne que je n'étais pas un genre de demeuré ou un sous-fifre (non, je suis le fifre de l'amour).

De cet après-midi où j'ai découvert un monde parallèle grâce à elle, je garde un souvenir contrasté, tumultueux. Et un goût acide. Elle m'a montré sans manières ce que la vie pouvait avoir d'agréable, d'excitant, et même si je n'en profiterais que plus tard, elle m'a ouvert une porte à deux battants vers l'ivresse lubrique (rien de meilleur), la jouissance à la portée de n'importe qui, vers des délices faciles à obtenir et des abandons qui rendent euphorique. L'être humain a le pouvoir d'accéder à ça d'un claquement de doigts. Mais il y avait autre chose là-dedans, de l'ombre, de la mort cachée. C'était une très jeune fille déjà marquée, qui faisait ça mécaniquement, gentiment, avec une assurance impressionnante mais moins d'enthousiasme qu'un animal, et qui, c'est déboussolant, me désignait le plaisir et me montrait en même temps son absence. (De toute évidence, elle ne savait pas ce qu'était un orgasme et n'y songeait même pas, ce mot avait autant de sens et d'intérêt pour elle que le nom chinois pour désigner Neptune – et je me suis bien entendu rendu compte, en y repensant quelques années plus tard, qu'elle ne connaissait rien à tout ça, sous ses airs de spécialiste, qu'elle essayait de faire la grande (ça m'a fait de la peine) et jouait à la femme-objet comme les fillettes jouent à la marchande.) Plus lucide, je me serais demandé si je devais éprouver de la joie ou de la tristesse, si ce qu'elle m'avait fait découvrir était pur ou sale. Je ne l'ai pas fait, mais je sais quand même dans quel état je me trouvais quand nous nous sommes de nouveau allongés côte à côte, après la quatrième fois. J'étais épuisé. J'en avais marre. Et je recouvrais suffisamment de lucidité, après la bataille, pour comprendre et définir exactement ce que je ressentais : j'étais partagé entre le bonheur et le dégoût. Ce mélange à l'intérieur me donnait un sentiment de déséquilibre, de vertige, de nausée.

– Il est six heures moins quart, il faut que j'y aille, mon copain va m'attendre.

Elle a remis sa montre en plastique dans la poche de son jean roulé en boule, et s'est recouchée dans l'herbe géante. Je m'étais assis en même temps qu'elle, pour qu'elle ne pense pas que j'allais protester ou faire le crampon. Elle a tourné la tête vers moi et m'a souri.

– Je t'aime.

J'avais envie de rentrer, de retrouver Jo, Bub et Gwen, il me tardait de leur raconter tout ça, allez, vivement qu'on se lève, mais à la voir seule dans l'herbe, je ne pouvais pas me cacher que j'aimais qu'elle me dise ça.

– Moi aussi.

– C'est vrai ?

– Oui. Tu prends la pilule, au fait ?

– Oui, oui, t'inquiète pas. J'ai plutôt intérêt.

Je l'ai regardée un moment sans rien dire – de toute façon, nous avions fait le tour. Je l'ai regardée, et c'est cette image d'elle que je garderai toute ma vie : une jeune fille nue allongée dans la nature, fatiguée, souriante, les cheveux blonds en désordre, les jambes légèrement écartées, belle et innocente, pleine de sperme, gentille, abîmée.

– Eh ! Je t'ai même pas sucé !

Elle s'était redressée en catastrophe, paniquée et irritée, s'en voulant manifestement de cette étourderie.

– Non, mais… C'est pas grave.

– Mais si, c'est super-important. T'aimes pas ça ?

– Si, bien sûr ! (J'imaginais que si, bien sûr.) Mais je veux dire, t'es pas obligée. Je vais pas t'en vouloir pour ça. Et puis on peut se revoir.

– Allez, couche-toi, vas-y. On se dépêche.

On se dépêche, on se dépêche, elle ne doit pas bien se rendre compte. Je ne suis pas une machine, j'ai un cœur. Et le cœur, encore, ça va, mais c'est le machin, là en bas, ça commence à faire mal. Et c'est tout mou, épuisé. Mais réfléchir, dans ces cas-là, ne sert pas à grand-chose (la seule solution aurait été de la repousser, et je ne pouvais pas lui faire ça) : elle s'était déjà mise à l'ouvrage, car chaque seconde comptait, je n'avais plus qu'à m'adapter. Ce n'était pas très agréable (elle mettait les dents et, croyant bien faire, aspirait comme un Tornado furieux), mais j'ai constaté, avec un certain étonnement (et une bouffée de fierté légitime) qu'il se passait tout de même quelque chose. Cependant, comme je pressentais que ça risquait de durer plus longtemps qu'une étape du Tour de France, j'ai eu recours pour la première fois à une méthode bien connue, que j'utiliserais ensuite deux ou trois fois dans ma vie (quatre, mais pas plus, je le jure), la modification d'état interne, l'EPO de l'amour : j'ai fermé les yeux et j'ai pensé à sa sœur en string sur la plage. (Allez, dix, pour être sûr de ne pas mentir, et c'est bon.) J'en ai bien sûr éprouvé un vague sentiment de honte, car cela pouvait s'apparenter à une sorte de traîtrise à l'encontre de quelqu'un qui s'était montré très aimable avec moi, mais si l'on considérait un instant la question avec objectivité, sans se laisser déborder par ses émotions, c'était surtout pour lui rendre service.

Ainsi, grâce à cette grande sœur, prétendument inaccessible, qui avait quitté sa plage nocturne et son fiancé insipide pour venir, par la seule force de ma volonté, s'agenouiller près de mon puissant membre, ça n'a pas été trop long. (En tout cas, on peut le dire vite.) Après avoir craché dans l'herbe (délicatement, sans vulgarité), elle a aussitôt entrepris de se rhabiller. Je me suis levé aussi, en calculant que j'avais joui cinq fois dans l'après-midi, exploit dont je ne me serais pas cru capable le matin encore, et qui m'étonnait en tout cas plus qu'elle : elle semblait trouver ça parfaitement normal. (Ce qui a un peu atténué ma satisfaction, et c'est bien dommage car, je ne m'en doutais naturellement pas à ce moment-là (tel que c'est parti, je vais en rendre plus d'une folle, me disais-je) mais je n'ai plus jamais eu l'occasion de me flatter, un sourire niais dans le miroir, d'une telle performance. Et même si je suis loin d'être mort (j'espère), je ne me fais plus d'illusions quant à ma capacité à défier le temps (qui est très fort) et à triompher du poids des ans – cinq fois en trois heures, je ne suis plus de taille (c'est horrible à dire, ça ne reviendra jamais).) Elle avait remis son sweat-shirt rose et sa culotte à petites fleurs, moi mon slip et mon jean, quand soudain, ayant remarqué une voiture rouge qui approchait sur la route, elle s'est exclamée :

– C'est mon père !

Je ne me suis jamais jeté par terre avec autant d'énergie. En une fraction de seconde, j'étais au sol, le nez dans l'herbe. La tuile, la punition divine, le père. Et voilà, c'était trop beau. Mais tandis que mes tripes se nouaient inextricablement et que tout le sang me montait à la tête, j'ai réalisé qu'elle était toujours debout et le temps de me dire affolé qu'elle était nulle en réflexes, je l'ai entendue crier :

– Papa ! Papa !

Effroi, terreur, épouvante, incrédulité, paralysie, c'est dur à décrire. Mains crispées dans la terre. Regard horrifié qui se lève vers elle. Elle sautait et agitait les bras en l'air pour appeler son père, en culotte au milieu d'un champ. À treize ans, je regrette, ce n'est pas normal.

– PAPA ! Ah, super, il nous a vus !

Elle est malade, bon. Mais moi, qu'est-ce que je fais ? Je reste couché comme un serpent fourbe en attendant qu'il reparte ? Il ne va jamais croire que sa fille se met toute seule en culotte dans un champ ! En plein après-midi ! (Cela dit, non, la nuit ce serait encore plus bizarre de se mettre toute seule en culotte dans un champ. Mais enfin, ça ne me console qu'à moitié : même en plein après-midi, cet homme ne va jamais croire que sa fille se met toute seule en culotte dans un champ. Jamais.)

– Viens, dépêche-toi, il va nous ramener ! Je serai à l'heure !

Comprenant qu'il était ridicule de m'entêter à faire le serpent fourbe habilement dissimulé dans l'herbe géante, je me suis relevé en évitant de toutes mes forces de regarder vers la route, et j'ai mis mon tee-shirt et mes baskets pendant qu'elle mettait, plus vite, son jean et ses baskets. Puis je l'ai suivie vers la voiture, la bouche entrouverte et les oreilles chaudes, sans plus rien du serpent, vraiment plus rien, plutôt comme un cochon dominé qui va de lui-même vers l'abattoir. On va se faire tuer, mais ce ne sera pas de ma faute.

– Salut papa !

– Salut.

– Tu nous ramènes ?

Sans répondre, le père a démarré en direction du village. Qui est ce type ? C'est toute une famille de malades ou quoi ? J'étais assis derrière lui, je ne voyais que ses cheveux, il n'a pas prononcé un mot durant tout le trajet. J'étais sur le point de me pisser dessus, ou de perdre un bras, quelque chose comme ça, et il ne se passait rien. Je regardais ses cheveux sans comprendre, sans y croire. Je flottais sur la banquette arrière, dans son dos. Je n'aurais jamais pu me douter, évidemment, que je retrouverais cet homme dix-sept ans plus tard, dans un hôtel de New York.

À côté de moi, Céline souriait, calme et radieuse, jeune. Je ne savais pas que je n'aurais plus de nouvelles d'elle pendant vingt-trois ans.

# Neuf

J'étais debout dans la baignoire, immobile et pensif, l'eau chaude coulait sur ma tête depuis vingt-trois ans. J'étais médusé. Je n'en revenais pas, le plaisir de la découverte et l'excitation me tétanisaient : le sweat-shirt rose, la culotte à petites fleurs, la voiture rouge du père, je n'arrivais pas à faire de la place en moi pour quoi que ce soit d'autre que ce retour du passé, si brutal, si stimulant, ce fantôme de la jeune fille blonde qui venait me faire un signe, me frôler, me dire que nous avions vécu et que nous étions toujours là. Ça me paraissait, pour ainsi dire, miraculeux. Je la voyais assise à côté de moi, sur les toilettes, souriante.

J'ai fini par mettre un terme à cette douche ahurie, sans trop savoir ce que j'allais faire maintenant, et pour commencer ce que j'allais faire de cette matinée gratuite que j'avais gagnée en me levant tôt pour la première fois depuis des années. Rien, sans doute.

En me séchant, je me suis regardé dans le miroir de l'armoire à pharmacie. J'avais bien changé, depuis ce jour où j'avais plongé dans l'herbe comme un diable pour que le père ne me voie pas. (Pour que Paul ne me voie pas.) J'avais pas mal de cheveux gris, une quinzaine de kilos en plus, et de gros cernes sous les yeux. Les mêmes yeux, je pense, je ne sais pas. Un peu fatigués. J'avais changé, mais finalement c'était toujours moi. J'étais maintenant rattaché à ce point dans ma vie, mes seize ans à Carcans-Maubuisson, je ne me voyais plus comme un type de trente-neuf ans un peu perdu, mais comme un garçon de seize qui en avait vécu vingt-trois depuis. J'avais pas mal picolé, pas mal discuté, rencontré pas mal de gens et couché avec pas mal de filles, des grandes et des petites, des brunes et des blondes, des belles et des moches (j'ai baisé avec des filles très belles et avec des filles très moches, ou considérées comme telles, les belles et les moches, selon les critères communs, et je me suis rendu compte d'une chose déconcertante : c'est exactement pareil (je ne veux pas dire que coucher avec une fille ou une autre ne change rien (quand t'en as baisé une etc…), loin de là, mais que coucher avec une fille très belle peut être exactement aussi agréable ou ennuyeux que de coucher avec une fille très moche, la beauté n'a absolument rien à voir avec le sexe)). Je n'avais fait que continuer, pour arriver là, à trente-neuf ans dans ma salle de bain : ça n'avait rien d'inquiétant.

En retournant m'asseoir dans mon fauteuil pour boire un autre café et fumer une autre cigarette, en observant l'appartement autour de moi, j'ai cessé de regarder en arrière, d'ici, et je me suis mis dans la position inverse, celle du jeune homme de seize ans, assis dans l'herbe géante près de la jeune fille blonde allongée, le jeune homme qui s'enivre de ce qui lui arrive et ne peut pas, lui, se projeter dans le futur (avoir, disons, des souvenirs à l'envers), qui ne sait pas ce qu'il va vivre dans les vingt-trois ans à venir (mais moi, en me remettant à sa place (ce que je parviens facilement à faire), je le sais), qui ne pense qu'à regarder la fille, le clocher du village, ou à rejoindre ses amis, et n'imagine pas qu'il se retrouvera un jour dans un appartement parisien, sur un gros fauteuil noir, des cernes sous les yeux, et qu'il repensera à lui. (Je me suis rappelé avoir vu à la télé, la semaine précédente, un film avec Patrick Dewaere dans lequel son personnage parle de Mozart, déplore qu'il soit mort si jeune, à trente-cinq ans, se révolte contre cette injustice, et m'être dit que cet acteur qui jouait son texte sur le tournage, et rigolait entre deux prises avec Depardieu, ne se doutait pas qu'il était le même homme que celui qui allait mourir quatre ans plus tard, à trente-cinq ans. Le titre du film, c'était *Préparez vos mouchoirs*.) Ce genre de saut entre deux points dans le temps peut rendre triste, je suppose, mais ce matin-là, je trouvais de la beauté, et du courage, dans l'aller et retour de l'un à l'autre – les regards échangés au-dessus des années par ces deux personnes qui n'en faisaient qu'une, moi.

Je suis sorti par réflexe, pour me distraire, mais je n'avais pas envie de me distraire : au contraire, je tenais à cette sensation émouvante, cette jubilation, je m'y plongeais, je ne pouvais penser qu'à ça. Le fantôme de Céline me suivait partout dans les rues, gaiement, dans les bars où j'entrais boire un café, un jus d'orange, et plus tard dans la matinée quelques bières pour faire passer la gueule de bois. J'ai marché avec elle près du canal Saint-Martin, puis du côté de Stalingrad, Barbès, Pigalle. Les gens que je croisais n'avaient pas les mêmes têtes que la veille, me paraissaient plus aimables : je voyais chaque homme, chaque femme en plusieurs versions, à trente ans dans une chambre d'hôtel, à vingt dans un bistrot, à quarante dans un bureau, à dix dans une cour de récréation. (Même ceux qui avaient l'air très con, je les voyais innocents pousser des cris dans une cour de récréation (il y en a pourtant qui sont vraiment cons, demeurés qui se croient seuls au monde, irrécupérables, mais quand même, un enfant plein d'avenir les regarde de quelque part).) En passant devant le Moulin-Rouge, je me suis souvenu des paroles d'un des tableaux de la revue, quelque chose de réconfortant, d'intrépide et humble, les filles chantaient : « Laissons les ailes du Moulin nous protéger jusqu'au matin », et pendant tout le reste de ma promenade enthousiaste le long de la ligne 2, je n'ai plus pu me débarrasser de ces deux vers – Laissons les ailes du Moulin / Nous protéger jusqu'au matin : quand je ne les fredonnais pas, ils tournaient d'eux-mêmes en boucle dans ma tête. Laissons les ailes du moulin…

Le soir, en rentrant, j'ai compris qu'il fallait que je la revoie. Entendre parler d'elle avait suffi à ramener le passé vers moi, m'avait permis d'y replonger une journée, mais ce voyage dans le temps ne resterait qu'un moment de bonne humeur et de nostalgie, vite dissipé, si je ne le matérialisais pas, si je ne faisais pas revenir Céline à moi physiquement. Je devais la retrouver pour la regarder et la toucher. Là, sa réapparition serait réelle, et j'avais l'impression, difficile à exprimer, que ma vie en deviendrait plus concrète, plus stable.

# Dix

Je n'avais pas pris de valise, j'avais simplement fourré une brosse à dents et quelques affaires de rechange dans mon sac matelot, que je ne quittais jamais, pour éviter la sensation de voyage, de séjour qui risquait de se prolonger.

Je fumais une cigarette près des toilettes de ce TGV entièrement non-fumeurs. J'avais toujours envie de hurler, quand j'entrais dans ces trains non-fumeurs, de secouer les gens et de leur demander s'ils se rendaient bien compte de ce qui se passait (j'avais entendu à la radio une sale bonne femme de la SNCF qui expliquait la décision de supprimer les wagons fumeurs : ils étaient moins remplis que les autres, donc, pour des raisons économiques, on n'en avait laissé qu'un, dans un premier temps, c'est sympa de notre part, et comme évidemment tous les fumeurs du train s'y rendaient pour fumer, l'atmosphère y devenait irrespirable et chacun pouvait comprendre, même les bornés de mauvaise foi, qu'il était nécessaire de le supprimer aussi (en résumé, les fumeurs (qui ne dérangeaient en rien, dans leurs wagons, les non-fumeurs dans les leurs) sont moins nombreux donc ils ne comptent plus, la majorité devient l'unanimité : les râleurs, étant minoritaires, ne nous gêneront pas) – pour se justifier, elle prenait l'exemple des avions, qui sont tous entièrement non-fumeurs et dans lesquels on n'entend jamais personne se plaindre (mais qui serait assez vindicatif et passionné par la contestation inutile pour, se sachant bien entendu dans un avion non-fumeurs, on le répète assez, se lever soudain de son siège au-dessus de l'Atlantique et s'écrier : « Je ne suis pas d'accord ! C'est un scandale ! » ?), et ajoutait que certaines compagnies avaient même embarqué sur des vols longs courriers un médecin spécialiste du tabac, en cas de problème, eh bien croyez-la ou non, il n'avait jamais, jamais été consulté (là aussi, on imagine difficilement un fumeur appeler une hôtesse et lui demander : « Excusez-moi, n'auriez-vous pas à bord un médecin spécialiste du tabac, car j'ai très envie de fumer et je voudrais en parler un peu avec lui »)), mais quand j'allais allumer une cigarette à l'extrémité d'un wagon, j'avais toujours une pensée émue et fraternelle pour le brave gars qui avait installé là de petits cendriers qui n'avaient logiquement rien à y faire, ce résistant de l'ombre que je me représentais dans l'usine à trains, le soir, regardant rapidement de tous côtés pour s'assurer que personne ne le voyait, avant de sortir un petit cendrier de sa poche et de le fixer en deux temps trois mouvements près de la porte du wagon. C'est bon, un de plus. Ces clins d'œil de la Résistance me redonnaient amour et confiance en l'homme. Et personne ne semblait vraiment étonné par ces cendriers hors la loi, comme si on remarquait à peine un distributeur de cagoules à l'entrée d'une banque.

Cela dit, je sais qu'il ne faut pas fumer. Je sais bien que je vais en mourir, mais (pour une fois) ce n'est pas la question.

Je partais à fond de train vers le sud. Obtenir les coordonnées de Céline sans avouer que j'étais l'un de ceux qui l'avaient souillée petite – et que j'avais donc contribué à la transformer en toxico pute agonisante – s'était avéré moins compliqué que je ne le pensais. Je n'étais pas passé par Paul, car je craignais son flair et n'osais de toute façon plus lui parler depuis que je m'étais revu tremblant derrière ses cheveux dans la voiture rouge, mais par Alice. Deux jours après la soirée chez eux, obsédé par ces retrouvailles dans le temps et accompagné jour et nuit par le fantôme de Céline, je lui avais téléphoné et menti : un ami préparait un reportage sur les vies qui basculent et serait sans doute intéressé par son témoignage, je préférais ne pas en parler à Paul car je savais que ce serait douloureux pour lui. Sans hésiter un instant, Alice m'avait donné le numéro de

Céline à Marseille. Je l'avais appelée aussitôt, pour éviter de m'enliser dans la réflexion, mais du coup sans avoir la moindre idée de ce que j'allais lui dire (moins enlisé dans la réflexion que moi, ça n'existait pas). En entendant les premières sonneries, je fondais près de mon téléphone, de peur et d'émotion, comme si on m'avait donné le numéro de l'au-delà. J'allais entendre sa voix, une voix de mon passé. Quand elle a enfin décroché, j'ai bafouillé un « Allô » qui serait arrivé dernier décollé au Championnat du monde d'articulation désinvolte (tocard) et je me suis présenté, prénom et nom – mais mon nom, elle ne le connaissait pas, et mon prénom si, mais c'était probablement comme si je disais à un boulanger : « Mais si, allons : Gérard ! Un jour tu m'as vendu un pain ! Ça ne te dit rien ? »

– Oui, quoi ?
– Je… Je voudrais te parler.
– Ben vas-y.
– Oui mais… Pas par téléphone, quoi.
– Ben alors pourquoi tu me téléphones ? T'as qu'à passer me voir.
– Mais je ne sais pas où tu habites.
– Si tu sais pas où j'habite, c'est que tu dois rien avoir d'intéressant à me dire. Salut.

Quelle femme, nom d'un chien. Quel tempérament. Quelle abrutie. Bon, rien ne sert jamais de s'alarmer d'emblée, ce n'était après tout pas si grave, je l'avais probablement dérangée avec un client ou une seringue, ou bien elle était seulement de mauvaise humeur (à mon avis, avec l'existence qu'elle menait, elle ne devait pas se sentir guillerette et pimpante beaucoup plus de deux ou trois secondes par jour : il aurait fallu un coup de bol extraordinaire pour que je tombe dessus). De toute manière, j'avais oublié, tout à ma peur et à mon émotion, de m'assurer que c'était bien elle (« Céline ? » n'était pourtant pas sorcier, mais la peur et l'émotion ne pardonnent pas) : dans ces appartements de malheureux en déroute, je connais ça, ils vivent souvent à plusieurs et c'est l'anarchie assurée, tu parles ils s'en foutent, n'importe qui décroche le téléphone. C'était peut-être une amie sèche et agressive, ou une voisine en manque, mais pas elle du tout. Le contraire d'elle, même. J'ai donc décidé de descendre à Marseille malgré ce revers (je n'avais rien à faire à Paris), après m'être quand même assuré qu'elle était dans l'annuaire sur Internet et que si je la rappelais une fois sur place, que le coup de fil se déroulait de la même façon expéditive et dans la même ambiance de suspicion regrettable, j'aurais les munitions nécessaires :

– Ben alors pourquoi tu me téléphones ? T'as qu'à passer me voir.

– Pas de problème. À tout de suite.

J'ai effectivement trouvé une Céline Muratti à Marseille, au numéro 39 d'une rue que je ne connaissais pas (je me suis fait remarquer que je ne la connaissais pas pour le principe, pour ajouter un peu de mystère et de tension à mon aventure, mais ce n'était pas étonnant : la dernière fois que j'avais mis les pieds à Marseille, j'avais cinq ans, j'étais allé passer Noël chez mes grands-parents, 41 boulevard Jeanne d'Arc, et à cet âge-là je ne parcourais pas beaucoup la ville à pied pour me familiariser avec ses quartiers méconnus des touristes (« Eh ben, qu'est-ce que tu fais là tout seul, mon petit bonhomme ? – Rien de spécial, chef, je me balade, je cherche des coins. Just a walk »)). J'ai donc pris un billet de train, en première car c'était un voyage important. Prêt à tout, en espérant simplement que cette fille sèche et agressive ne s'appelait pas Céline, si c'est possible.

Mais elle pouvait bien être sèche et agressive si elle voulait, tant pis, ça ne changerait pas grand-chose. De toute façon, il fallait que je sois raisonnable et que, même si ma jeune fille des champs s'était montrée à l'époque d'une gentillesse et d'une générosité parfaites, je ne m'attende pas à des flots de miel et de chaudes exhalaisons de bien-être de la part d'une personne gravement malade, en manque quasi permanent, et dont le seul soulagement, qui n'en était même pas un et lui laissait des abcès un peu partout, ne pouvait s'obtenir qu'en suçant des types qu'au mieux elle méprisait. Des types pas forcément sympathiques, pas forcément propres, pas forcément calmes. (« Ça t'écorcherait la gueule, un sourire ? »)

D'un autre côté, je connaissais Paul, il avait certainement exagéré, noirci le tableau qu'il avait exposé devant nos assiettes. Peut-être pas dans les faits, tout cela est malheureusement assez courant, mais dans la description de l'état psychologique de sa fille. Aucun être humain n'est que haine et souffrance, on ne peut pas vivre avec le cœur détruit et le sang pourri, du moins pas tout à fait pourri, pas tout à fait détruit. Il avait dû insister là-dessus pour se convaincre qu'il n'y avait plus rien à faire pour elle, et pour qu'on comprenne qu'il ne pouvait pas s'acharner à essayer d'aider quelqu'un qui ne lui renvoyait que de la colère et du désespoir. J'en ai connu, des toxicos putes agonisantes. J'en ai même hébergé deux dans mon premier appartement à Paris pendant quelques semaines, j'ai donc pu les regarder vivre jour et nuit, en manque ou satisfaites, devant la télé, dans mon lit, comateuses sur le fauteuil, avant de partir sur les boulevards, et quand elles en revenaient. Bien sûr, elles étaient démolies, pourrissantes, elles tenaient à peine debout, elles avaient de l'acide dans les veines et de la boue dans le cœur, c'est normal, elles étaient tristes et hargneuses, s'énervaient pour un rien, détestaient la terre et tous ses habitants (sauf quelques héros de séries télé), mais elles rigolaient de temps en temps, faisaient des blagues de gamines, s'extasiaient devant un plat de spaghettis à la sauce tomate ou un pot de riz au lait, et je sais, je les voyais vivre, qu'elles avaient encore au fond d'elles, comme dans une boule d'acier inoxydable que les aiguilles, le virus et le sperme des clients ne pourraient jamais détériorer, de la douceur, de la bonne humeur, du désir et du plaisir, protégés, inaccessibles. Elles sont mortes toutes les deux peu de temps après leur passage chez moi, Alexandra et Patricia, donc je sais qu'elles ont gardé ça jusqu'au bout, épargné à l'intérieur.

Céline aurait la même chose, à l'abri au fond d'elle depuis notre après-midi dans l'herbe, son sweat-shirt rose et sa culotte à fleurs enfouis dans la boule d'acier que l'extérieur attaquait. Je ne pourrais pas l'aider, pas plus qu'Alexandra et Patricia, je ne pourrais pas faire passer le manque, ni l'obligation de se faire sauter pour quarante euros parce qu'il n'y a pas d'autre solution, et encore moins la maladie, je ne pourrais rien changer (d'ailleurs je ne prenais pas le train pour ça, je ne suis pas un sauveur), mais je savais qu'un peu de la petite fille délurée de Carcans-Maubuisson, ou même de celle qu'elle était un ou deux ans avant, serait toujours là, et qu'au bout du voyage je ne me cognerais pas contre un bloc noir et froid sans rien dedans.

Si ma vie me paraissait plus pleine et cohérente grâce à la réapparition de Céline, si j'avais été touché, ranimé, secoué de retrouver par hasard sur la route quelques heures de mes seize ans, de les revivre, pourquoi ce choc ne l'aiderait-il pas, elle aussi, puisqu'elle avait encore de quoi se laisser troubler ? Pourquoi ce pont brusquement jeté au-dessus des années ne lui apporterait-il pas, comme à moi, cette sensation réconfortante de continuité, d'homogénéité ? Raisonnablement, c'était sans doute désormais impossible, sa vie était en morceaux trop épars, mais au moins, peut-être, juste le plaisir de me revoir – un personnage de son passé, le brave garçon dans l'herbe qui n'y connaissait rien et apprenait tout d'elle –, de se souvenir d'un moment lointain, précis, où elle était plus insouciante et plus forte. Savoir que l'on n'a pas toujours été impuissant, à la dérive, peut redonner du courage. (Dans le milieu des courses, sanctuaire de sagesse, un dicton intéressant affirme : « Ce qu'un cheval a fait, il peut le refaire. ») Mais je rêve, la drogue et le sida ne sont pas des enfants de chœur qu'on embrouille avec des souvenirs et un peu de courage. Il faudra se contenter de moins. Une heure à se rappeler des moments agréables, c'est déjà pas mal. Ça veut dire qu'il y a eu des moments agréables.

Une très vieille femme est passée près de moi dans l'allée, probablement pour se rendre aux toilettes, une survivante de quatre-vingt-dix ou quatre-vingt-quinze ans, maigre et difforme, tordue par l'âge et vidée de tout. Les hanches déboîtées vers la gauche et les épaules vers la droite, les mains crispées, les bras calcifiés et bloqués, l'un le long du corps et l'autre sur le ventre, la tête coincée sur le côté gauche, elle avançait sans pouvoir regarder devant elle, à pas minuscules (pas plus de cinq centimètres), lents et tremblotants, qui lui demandaient chacun un effort pitoyable et faisaient vibrer son corps du bout de la chaussure au sommet de la tête. On aurait dit un pauvre sac d'os et de peau sèche, rien de plus, qui ne bougeait encore que sous l'effet de petites décharges électriques. La mort avait dû l'oublier. Elle a mis, sans exagérer, dix minutes pour atteindre l'extrémité du wagon (un jeune homme en costume s'était proposé pour l'aider, juste après le départ, mais elle avait semblé refuser – ce n'était pas évident à savoir, car elle n'avait pas pu tourner la tête vers lui, or il ne restait une trace de vie humaine qu'au fond de ses yeux). Même si les nouveaux TGV bougent peu, je me demande comment elle n'est pas tombée. Cette ancienne femme n'était désormais pas plus vivante qu'un pied de vigne, et pourtant il fallait qu'elle continue à vivre, à avancer, à souffrir, les yeux implorants dans ce corps pétrifié, à concentrer en elle toute l'énergie disponible sur la planète pour parcourir dix mètres.

Je suis épouvanté par l'idée de la mort. Mais j'ai mis la main dans ma poche et j'ai touché mon paquet de cigarettes, en me disant que c'était un moyen agréable, et assez fiable, de ne pas en arriver là.

Nous n'étions pas nombreux dans le wagon de première classe, huit ou neuf. Le train fonçait en sectionnant le paysage, j'essayais de ne pas trop penser. Mais je n'y arrivais pas. En route vers Céline à toute vitesse, je ne pouvais plus me contenter de la joie de revenir en arrière, de la surprise et de cette sensation enivrante de petit miracle. Je savais que j'allais retrouver la jeune fille de mon adolescence en très mauvais état. Déjà en fin de parcours, elle. Et que face à elle, l'effet risquait d'être le contraire de celui que je faisais semblant d'espérer. Au lieu de retourner joyeusement dans le passé, comme c'était le cas depuis quelques jours quand je pensais à elle, nous allions, une fois réunis, faire le chemin inverse : partir de nos treize et seize ans et, propulsés dans le futur en quelques secondes, le temps de se regarder, atterrir directement un quart de siècle plus tard, elle avec sa douleur et sa maladie, moi avec mes cernes et ma lassitude. Plus je descendais vers le sud, plus je comprenais que ce n'était pas une bonne idée. Plus je pressentais la tristesse qui m'attendait à l'arrivée. Comment éprouver autre chose que de la tristesse, de la vraie tristesse en profondeur, épaisse et corrosive, devant le spectacle de sa jeunesse détruite ? Et d'une femme détruite ? Enfin, tout ça était bien compliqué. J'avais été rassuré, fortifié par la découverte d'un lien entre ces deux époques de ma vie, d'un fil qui s'était soudain matérialisé et auquel je pouvais m'accrocher, mais à présent, je tenais ce fil et j'allais voir (ailleurs que dans un miroir, où l'on ne voit rien parce qu'on se connaît) à quoi il aboutissait.

Ce n'était pas une bonne idée, mais je partais quand même. Avec le sentiment dérangeant d'essayer de faire quelque chose d'impossible, d'interdit, et l'impression que ça se voyait, comme si je portais une casquette rouge avec l'inscription : « Aliéné qui tente de voyager dans le temps ». Les autres personnes assises me paraissaient tout à fait normales, en sécurité quoique instables ou soucieuses, elles voyageaient seulement dans l'espace, d'un point à un autre. Moi non. Je m'étais mis volontairement dans ce train, pour jouer avec le temps. Ça ne se fait pas, c'est dangereux. Je n'aurais pas dû tant y penser, j'aurais dû simplement me dire que je partais voir une amie à Marseille, là j'étais trop chargé, d'espoir et de crainte, il allait m'arriver des bricoles. Je me suis souvenu d'un fait divers qui m'avait fait rire deux ou trois semaines plus tôt à la radio. La police avait arrêté une voiture sur une nationale, et avait trouvé dans le coffre cinquante ou cent kilos de résine de cannabis, je ne sais plus, trente kilos. Ce qui avait mis la puce à l'oreille des policiers en patrouille, c'était que l'homme au volant, prudent et conscient qu'il faisait quelque chose d'interdit, portait une cagoule, avec juste deux trous pour les yeux.

Dans le wagon à toute allure, ça sentait la bergamote. Depuis un moment, je me demandais d'où pouvait provenir cette odeur. Le voyageur le plus proche de moi était un gros type empaqueté dans du tissu bleu marine, qui tapotait sur son ordinateur portable. Un peu plus loin, il y avait une jolie jeune femme, avec des baskets roses. Mais les jeunes femmes ne se parfument pas à la bergamote, il me semble. D'ailleurs, en y réfléchissant, je me rends compte que je ne connais pas l'odeur de la bergamote. C'est pourtant le parfum qui m'est venu tout de suite à l'esprit. Mystère. Je suis sûr que ça sent la bergamote, et pas autre chose. Je ne sais pas d'où ça vient. Je regarde encore une fois autour de moi, tant pis, ce n'est pas grave, je n'y pense plus, je rajuste ma cagoule.

# Onze

En sortant de la gare de Marseille, je me suis rendu directement dans le quartier où habitait Céline. À première vue, ce n'était pas un endroit très agréable à vivre. Tout était pourri, moche et sale. Les gens paraissaient soit très fatigués, soit très énervés. (Même si, à cinq ans, j'avais été suffisamment précoce pour sillonner la ville seul, je me serais bien gardé de passer par ici (« Tu cherches quelque chose, petit ? J'ai tout ce que tu veux. – Merci, chef, j'ai besoin de rien. – Qu'est-ce que tu fous là, alors ? – Bah, just a walk. »)) J'ai marché un moment pour trouver un deux étoiles à peu près correct, à quatre ou cinq rues de celle de Céline, j'ai pris une Heineken à la réception et je suis allé la boire dans ma chambre, sur le couvre-lit marron.

La vie est bizarre, on dira ce qu'on voudra. J'étais parti d'un champ sous le soleil de Carcans-Maubuisson, allongé près d'une petite blonde, et un battement de paupières plus tard, je me retrouvais avec une bière dans une chambre lugubre à Marseille, à quelques rues miteuses de la petite blonde aujourd'hui mourante. Le plus troublant, peut-être le plus désagréable, c'était qu'il ne semblait pas y avoir de chemin entre ces deux lieux, de progression entre ses deux états.

Mais si j'étais là, c'est parce que j'avais rencontré Paul Muratti. La vie est bizarre, on ne le dira jamais assez, et emprunte des voies surprenantes (on a déjà dû le dire deux ou trois fois avant moi). Je ne serais pas dans cet hôtel marseillais si je n'avais pas accepté, six ans plus tôt, de suivre ma meilleure amie, Miette, à New York. J'avais envie d'y aller depuis longtemps (depuis, disons, mes seize ans), et comme elle y avait déjà passé quinze jours l'année précédente, elle se proposait de me servir de guide. (Je ne me faisais aucune illusion à ce sujet, Miette est l'une des cinq ou six personnes les plus étourdies de la planète et sait se diriger dans une ville comme une sardine dans la jungle (il y a quelques mois encore, à Nancy, cherchant son hôtel (qui se trouvait rue du 20ᵉ Corps), elle a demandé à un passant de lui indiquer la rue du 20ᵉ Pied – ce qui m'a fait rire, ce n'est pas tant qu'elle ait associé « cor » à « pied » et se soit mélangé les pinceaux, mais surtout qu'elle ait pu imaginer sans tiquer qu'il existait une rue du 20ᵉ Pied (qui donne sur la place de la 33ᵉ Oreille)). Je pensais que c'était une bonne occasion de découvrir New York, par moi-même mais pas seul.)

Une nuit, dans l'hôtel plus que confortable que nous avions pu nous offrir à l'ouest de Central Park (sa mère lui payait le séjour pour ses trente ans, et moi je venais de recevoir un gros chèque après trois mois de travail – nous avions même eu les moyens de prendre deux chambres), j'ai été réveillé en sursaut par des coups frappés contre la fenêtre. Je me suis assis dans le lit comme si j'avais eu un ressort dans le dos et j'ai fixé le rideau – plus qu'interloqué : inquiet. Après quelques secondes, je me suis dit que ces coups faisaient sans doute partie d'un rêve, et je m'apprêtais à me recoucher, le corps moite, quand le bruit a recommencé. Ce n'étaient pas vraiment des coups, pas comme si quelqu'un frappait pour entrer, mais plutôt comme si cette personne, dont j'aurais tant aimé qu'elle ne soit pas là, secouait violemment la poignée de la fenêtre pour essayer de l'ouvrir. Cette personne ou cette bête, bien sûr.

Nous étions au huitième étage.

Dès que je sors de Paris, je ne suis pas à l'aise. J'arrive à vivre, évidemment, mais je me sens moins sûr de moi, moins détendu, moins naturel, comme un habitué de la campagne quand il se trouve dans une grande ville. En province, je suis toujours plus ou moins contracté, sur mes gardes malgré moi, j'ai l'impression qu'on m'observe, qu'on se demande ce que je fais là, et à l'étranger, je n'arrive carrément plus à marcher normalement, à demander ce que je veux dans les commerces sans avoir l'air d'un mauvais acteur extrêmement timide, et même ma respiration me paraît forcée – je ne recouvre mon calme qu'en atterrissant à Roissy, et ne redeviens normal qu'en franchissant le périphérique. Alors me trouver dans un hôtel de Manhattan, en pleine nuit, avec quelqu'un qui s'attaque à ma fenêtre, non, ce n'est pas mon truc.

J'en étais, affolé, à regarder bêtement tout autour de moi dans la chambre, comme si j'espérais y trouver un policier caché dans un coin, ou une arme de gros calibre oubliée par le précédent client, quand j'ai entendu la fenêtre céder (c'est un grand mot (car j'avais vraiment la trouille), disons plutôt que j'ai entendu la fenêtre s'ouvrir : il s'agissait d'une porte-fenêtre coulissante qui donnait sur un petit balcon et je n'avais pas songé une seconde à la verrouiller, seuls les plus méfiants d'entre nous étant capables de prévoir qu'un enragé du crime va escalader la façade jusqu'au huitième étage pour nous régler notre compte). Le vent qui s'engouffrait dans la chambre gonflait l'épais rideau bleu : c'était pour le moins terrifiant, même pour celui qui n'est pas plus couard qu'un autre, de ne pas savoir qui se trouvait derrière. De ne pas savoir qui (ça ne paraît pourtant pas possible) poussait maintenant, derrière ce rideau, des grognements rauques. De ceux que poussaient les hommes préhistoriques.

(Preuve que tout est relatif, en fonction de l'espace et du temps : à l'époque de la préhistoire, ces grognements n'avaient rien d'anormal ni d'alarmant, tout le monde s'exprimait ainsi, mais de nos jours, ça jure de manière inquiétante avec le contexte.) Des mains agitaient nerveusement le tissu, mon assassin cherchait l'endroit où se rejoignaient les deux pans du rideau (afin d'accéder à moi). Le corps et l'esprit dans un étau, j'hésitais entre deux méthodes, bondir et frapper à l'aveugle, ou bien me cacher sous mon drap – peut-être que si je m'aplatissais au maximum…

J'étais toujours assis dans le lit quand le rideau bleu s'est ouvert. Et comme je le prévoyais, un jeune homme à moitié nu est entré dans ma chambre. Il était grand et costaud, il ne portait qu'un slip rouge, me regardait fixement, l'œil vide, et m'a dit d'une voix sourde :

– Meu.

(Si on m'avait soufflé à l'oreille, à ce moment-là, que c'est uniquement grâce à l'irruption de ce dément à New York que j'allais retrouver six ans plus tard à Marseille une fille que j'avais rencontrée dix-sept ans plus tôt à Carcans-Maubuisson, je ne l'aurais pas cru et on n'aurait pas pu m'en vouloir.)

Meu ? Pas de panique. Ce n'est pas un mot courant, mais ça ne signifie pas forcément que c'est agressif ou injurieux. D'autant qu'il l'a prononcé d'une voix calme, quoique caverneuse.

Et qu'il n'a pas l'air animé de mauvaises intentions à mon égard : il me dévisage toujours mais semble juste contrarié, un peu perdu, on dirait qu'il pense à autre chose (ce qui est rare quand on vient de s'introduire en slip et par la fenêtre dans une chambre située au huitième étage (en général, on est bien concentré), et ne laisse rien présager de bon quant à son équilibre mental et à la qualité de nos rapports à venir). Je ne sais pas quoi faire, je crois que j'aurais préféré qu'il entre comme une tornade, l'écume aux lèvres, des yeux d'égorgeur braqués sur moi, et qu'il hurle : « Gonna kill you, motherfucker ! » Tout aurait été plus simple, j'aurais pu réagir, je me serais jeté sur lui, puis je l'aurais roué de coups et jeté par la fenêtre. Mais là, je ne pouvais pas faire grand-chose d'autre que de rester interloqué.

– What do you want ? je demande de la voix la moins menaçante possible (facile, je ne suis pas d'humeur menaçante : je me sentirais même, s'il fallait vraiment chercher à décrire mon état d'esprit, d'humeur un peu menacée). Who are you ?

– Meu.

– You speak english ?

– Meu.

– Vous parlez français ?

– Meu.

– Habla español ?

– Meu.

– Parla italiano ?
– Meu.
(Quoi d'autre ? Vite.)
– Hum hum meu deutsch ?
– Meu.
– Portugese ?
– Meu.

Il commence à m'énerver, maintenant. Ce type ne parle rien, ou quoi ? De toute façon, c'est un peu idiot, car s'il me dit qu'il parle allemand ou portugais, ou même italien, je serai bien avancé, je ne pourrai répondre que « Ah », et c'en sera fini de la conversation. Mais enfin, je préfère tout de même savoir d'où il vient, même si ça ne sert à rien, ça m'aidera à cerner le bonhomme, a m'assurer qu'il n'a pas surgi d'un monde parallèle, ou des temps anciens. Je ne sais pas pourquoi, je le verrais bien polonais. Il a une tête de Polonais, ces cheveux noirs, ce teint pâle, ce regard mélancolique, ce slip rouge.

– Poland ? Pologne ? Polski ?
– Meu.

Si je me fonde sur mes premières observations, si j'entame, malgré l'urgence de la situation, une tentative de décryptage de cette langue inconnue, je peux déjà avancer que « meu » signifie « non ». Peut-être. Pas sûr. Car en fin de compte, c'est sans doute un raisonnement trop simpliste et surtout, si je réfléchis, ça ne m'arrange pas, car il en découlerait que cet homme presque nu que je ne connais pas s'est introduit dans ma chambre en pleine nuit après avoir escaladé l'immeuble, m'a regardé et a dit d'une voix froide : « Non. »

Ça ne m'arrange pas.

– Russia ? India ? New Zealand ? (J'essaie de gagner du temps – mais du temps pour quoi ?) China ?

– Meu.

Bien entendu, j'ai remarqué depuis le début (je ne suis pas stupide) que sa manière de s'exprimer rappelle étrangement le langage des vaches. Mais les conclusions que je peux en tirer ne me conviennent pas. En effet, si je m'engage dans cette direction, de deux choses l'une : soit cet homme est une vache (impossible) ; soit il a été abandonné bébé par ses parents dans un pré, et a été élevé par les vaches (peu probable, le fermier l'aurait vu). C'est donc une impasse, son meu vient d'ailleurs. Mais d'où ? Ce type ne parle aucune des principales langues en usage sur la planète, n'arrive d'aucun des principaux pays connus, et il atteint ma chambre, au huitième étage d'un hôtel de New York ? Vraiment, il me cherchait.

Au moment où je m'apprête à glisser discrètement une main vers le téléphone (pas facile), les événements prennent une tournure dramatique. Il fronce les sourcils, dit « Meu » et se met en marche vers moi, lentement, d'un pas mécanique – comme s'il s'était trouvé une heure plus tôt dans un cabaret, qu'un artiste aux yeux de braise l'avait hypnotisé et lui avait dit : « Je vais compter jusqu'à trois, à trois tu te déshabilleras, puis tu traverseras la ville, tu grimperas jusqu'au huitième étage d'un immeuble par la façade, tu forceras la fenêtre et tu tueras le type qui est assis sur le lit. Ensuite, tu ne te souviendras de rien. » Le temps de la discussion est terminé, celui des hésitations aussi : je bondis hors du lit, me rends compte avec horreur que je suis entièrement nu face à un homme en slip, recule d'un pas, tends la main derrière moi et tire rageusement le drap sans lâcher des yeux l'envahisseur qui avance, mais ces femmes de chambre des grands hôtels n'ont pas leur pareil pour faire un lit solide, ça résiste, tant pis, je fais face nu, je me suis rarement senti aussi ridicule (mais je vais battre ce record dans quelques secondes), je lève les mains vers lui pour lui faire signe d'arrêter sinon je ne sais pas de quoi je suis capable, mais il ne s'arrête pas, il regarde mon lit, tente de me contourner, je fais un pas de côté pour lui barrer la route et, puisqu'il ne paraît ni méchant, ni vraiment fou (pas dangereux, du moins), ni même ivre (mais qu'est-ce qu'il a ?), je me permets de poser une main à plat sur son torse et, utilisant le seul mot que j'ai pu traduire de sa langue, même si cette traduction ne me satisfaisait pas tout à fait (il n'est plus l'heure de chipoter), je dis non :

– Meu.

– Meu.

(Voilà, c'est ici que j'ai atteint le sommet du ridicule, et je suis tranquille pour le restant de mes jours (comme pour les cinq fois en trois heures avec une fille, mais dans une catégorie moins reluisante), je sais que quoi qu'il arrive je ne ferai jamais pire dans ce domaine. Je garderai toujours cette photo à l'esprit, encadrée : je suis nu devant un type en slip rouge, j'ai l'air sévère, le bras tendu, la main posée sur sa cage thoracique, je lui dis « Meu » et il me répond « Meu ».)

Il n'apprécie pas ma résistance, ne comprenant manifestement pas pourquoi je veux lui interdire mon lit, et s'énerve :

– Meu !

Il tente de m'écarter de son chemin, me pousse des deux mains, dodeline rageusement de la tête : constatant qu'il n'est pas très fort, je décide moi aussi de ne pas me laisser marcher sur les pieds, je le saisis à bras-le-corps et le repousse vers la porte-fenêtre en grognant ce qui me passe par la tête pour me donner de la force et du courage (« Ça suffit, maintenant ! », « Ça commence à bien faire ! », des bêtises de ce genre, auxquelles il ne comprend rien et qui le laissent apparemment dans le désarroi le plus total (« Quoi ? Qu'est-ce qui se passe ? » (« Meu ? Meu ? »))). Je parviens à le mettre dehors et referme précipitamment la baie vitrée. Je n'arrive pas à la bloquer, j'aurais dû m'en douter, c'est toujours une saleté à fermer, ces baies vitrées, mais je n'ai pas non plus l'intention de l'enfermer dehors et de me rendormir : le temps que le malheureux réalise ce qui lui arrive, j'aurai prévenu la réception.

Je fonce sur le téléphone et compose les deux chiffres du standard, mais avant même la première sonnerie, la vache ouvre la porte-fenêtre et revient dans la chambre :

– Meu.

Cette fois, elle semble avoir compris que je ne suis pas un ami. Elle me jette un œil mauvais (dans son pays, refuser son lit à l'étranger qui passe doit être quelque chose qui ne se fait pas du tout, je sens qu'il me méprise et qu'il est désormais prêt à quelques compromis avec sa nature calme pour m'apprendre la politesse), je décide donc de ne pas intervenir. Après tout, il ne peut rien faire de bien terrible. J'espère. Pendant qu'il s'allonge sur le dos et pousse un meu de confort et de soulagement en regardant le plafond (et en glissant de temps en temps un regard en coin vers moi pour s'assurer que je ne vais pas me remettre à faire le mariole), le téléphone sonne dans le vide à la réception. Qu'est-ce que c'est que cet hôtel ? J'attends encore une dizaine de sonneries (la situation est extrêmement tendue) avant de raccrocher.

Bien. Je suis dans le pétrin. Que faire ? Rester assis sur le bord du lit et allumer la télé ? Essayant une dernière fois de faire valoir mes droits et d'affirmer mon autorité, je l'attrape par le bras et je tire. Mais il réagit violemment, furieux, outré, et je n'insiste pas : la seule solution serait d'engager un combat contre lui, de lui donner des coups de poing dans la tête, mais bien que ce soit la seule, ça ne me paraît pas être la bonne. Il est certain que ça ne mènera à rien de valable.

En désespoir de cause, j'enfile mon pantalon, j'ouvre la porte de la chambre, sors la tête dans le couloir et crie :

– Please !

Je vais réveiller tout le monde, le mieux serait de descendre à la réception, mais je préfère ne pas laisser la vache dans ma chambre avec toutes mes affaires (en dernier recours, j'emporterai tout).

– Please ! Help !

« Help » est grotesque, je ne suis pas en danger, mais je ne sais pas quoi crier d'autre. Au moment où je me dis que je n'ai qu'une chance sur cent qu'un agent de sécurité soit en train de patrouiller dans le couloir, la porte qui se trouve en face de la mienne s'ouvre : un homme à chevelure grise apparaît, vêtu d'un beau pyjama de soie grenat, un livre à la main.

– Qu'est-ce que… You're in trouble ?

– Vous êtes français ?

– Oui, qu'est-ce qui se passe ?

– Un type en slip est entré dans ma chambre par la fenêtre et s'est couché sur mon lit.

– Quoi ? Montrez-moi ça.

Sous-entendu : « C'est ma spécialité. » Ça me redonne confiance, j'ai crié à la bonne porte. Je le précède dans ma chambre et tends un bras consterné vers la vache, toujours couchée sur le dos, les yeux en l'air, remplie d'aise. Mon allié en pyjama n'exprime pas la moindre surprise en le voyant, il hoche simplement la tête (comme pour dire : « OK, c'est bien ce que je pensais, d'accord »). Je ne me suis pas trompé, les types en slip qui s'infiltrent dans les chambres, ça le connaît (depuis des années, j'imagine, il consacre la majeure partie de ses loisirs à les traquer et à les remettre à leur place).

– What are you doing here ?

– …

– Hey ! I'm talking to you ! What are you doing here, dit-il, haussant la voix et s'approchant du lit.

– Meu.

– Il ne sait dire que ça. Depuis qu'il est entré, il n'a rien dit d'autre que « Meu ».

– Allons bon. C'est un spécial…

– Je ne vous le fais pas dire.

– Il est ivre ?

– Non, je ne pense pas, il ne sent pas l'alcool.

– Vous avez appelé la réception ?

– Oui, ça ne répond pas.

– M'étonne pas, cet hôtel est un gourbi. On va le descendre nous-mêmes.

Avant même d'avoir terminé sa phrase, il attrape la vache par le poignet et tente de la forcer à s'asseoir. Mais elle résiste et parvient à se dégager d'un mouvement sec.

– Come on, get out of here ! grogne-t-il en reprenant le bras de la vache.

– Faites attention, il ne doit pas être méchant mais il devient nerveux quand on le touche.

– Ne vous inquiétez pas, c'est pas un type en slip qui va me faire peur.

Sous-entendu : « J'en maîtrise tous les jours. » Il essaie encore de le tirer hors du lit, mais cette fois, le type en slip se débat plus farouchement et envoie même un coup de pied dans sa direction. C'est là qu'intervient le savoir-faire de l'homme d'expérience : sans que rien l'ait laissé prévoir, il lui assène un puissant coup de livre sur l'épaule, PAN ! Je sursaute. Le type en slip se recroqueville.

– Meu.

C'est sans doute une astuce connue des seuls spécialistes, car la vache le regarde soudain d'un œil craintif et semble disposée à obéir. (Même si j'y avais pensé, je n'aurais pas osé, je ne sais pas être brutal quand on ne m'attaque pas directement.) Le maître en pyjama s'approche en brandissant son livre (c'est un livre d'Yves Berger, *Immobile dans le courant du fleuve*, je ne l'oublierai pas), prêt à frapper en cas de résistance inattendue (n'oublions pas que « c'est un spécial… »). Mais la vache est matée, l'affaire est réglée. Sans attendre, il lui attrape de nouveau le poignet et parvient à la mettre debout sans trop de difficultés. Puis il se place derrière elle, pose une main ferme sur chacun de ses avant-bras (sûrement la prise dite « de sécurité ») et la pousse vers la sortie.

– Meu. Meu.

– Attendez-moi, je reviens tout de suite. Je vais trouver quelqu'un.

Il a laissé son livre sur mon lit. Je les accompagne jusqu'à la porte, puis les suis des yeux dans le long couloir. L'intrus déboussolé n'arrête pas de pousser des petits meu plaintifs d'incompréhension, et malgré tout, ça fait de la peine.

J'ai appris le lendemain que c'était un Hongrois qui était arrivé le jour même, et dont la chambre était voisine de la mienne. Selon le réceptionniste, il semblait avoir quelques problèmes psychologiques – il paraissait très triste, en tout cas. Mais je ne saurai jamais, malheureusement, pourquoi il était passé de son balcon au mien, ni pourquoi il tenait tant à s'allonger sur mon lit, je ne saurai jamais rien d'autre à son propos (c'était un Hongrois triste, point) car il avait été prié de partir dès le lever du jour, et rejeté dans New York.

Quant à mon allié nocturne, il est remonté au bout de dix minutes, après avoir confié son butin au veilleur qui dormait comme une masse (et qui a été réveillé par un coup de massue), et m'a invité à venir boire une vodka dans sa chambre. Il m'a dit qu'il s'appelait Paul Muratti. Il était évidemment bien loin de se douter qu'il trinquait avec le jeune homme qui était assis derrière lui dans sa voiture rouge, une fin d'après-midi à Carcans-Maubuisson, dix-sept ans plus tôt. (Et moi aussi, bien sûr.) Combien avais-je de chances que la personne qui ouvre sa porte cette nuit-là, ici, soit le père de Céline, celui grâce à qui j'allais finalement la retrouver ? Ce n'est pas compliqué, une chance sur six milliards. Et même si on enlève les petits enfants, qui n'ouvrent pas souvent les portes la nuit dans les hôtels, et un bon nombre d'habitants de la terre qui ne pourront jamais s'offrir un jour à New York, cela fait tout de même, allez, une chance sur deux milliards. Soit, si mes calculs sont bons, autant que de toucher les six numéros gagnants du Loto trois fois de suite. Le mercredi, les six bons numéros ! Le samedi, encore les six bons numéros, yes ! Le mercredi suivant, bingo, encore ! Ce qui est impossible.

# Douze

J'ai pris une douche (c'est drôle qu'on ait gardé dans les gènes, après plusieurs générations, cette conviction inconsciente que les voyages salissent – je n'avais pas fait trois jours de diligence, juste trois heures de train très propre, mais il fallait que je me lave, je me voyais le corps moulu par les bosses des mauvais chemins et couvert de poussière incrustée) et je suis sorti, après avoir bu une autre Heineken en bas, sur l'unique fauteuil du « salon », pour me donner du courage. Et profiter de mon séjour à Marseille.

Je suis allé directement devant l'immeuble où habitait Céline. Je préférais la voir sans être vu avant de la rappeler, pour m'assurer que c'était bien elle, et surtout pour essayer de deviner sur son visage si elle était aussi malveillante et désormais inaccessible que le prétendait son père. Je ne tenais pas absolument à lui parler. Je voulais juste la regarder, vérifier qu'elle était toujours quelque part dans le monde. Si elle m'apparaissait trop effrayante, si je sentais qu'aller plus loin serait inévitablement pénible, néfaste (je savais qu'à ce moment-là un coup trop appuyé pouvait me déséquilibrer), je n'hésiterais pas à faire demi-tour, à reprendre le TGV pour Paris dans l'heure suivante.

Par chance, il y avait un café sur le trottoir d'en face, décalé d'une quinzaine de mètres seulement par rapport à l'entrée de son immeuble. Je suis entré, c'était affreusement triste, terne et sale, ça puait la mort lente. Il n'y avait que trois personnes sous les néons blafards, deux pauvres naufragés muets, appuyés sur le comptoir, qui regardaient au-dessus de leurs verres les bouteilles alignées en face d'eux, et le patron, un vieil Arabe abattu, assis sur un tabouret près de la caisse, qui écoutait la radio, les yeux vers la rue, attendant la fin.

Ça me convenait très bien. Je me suis installé près de la baie vitrée, sur une chaise en plastique orange, et j'ai commandé un demi (« Vous avez quoi, en pression ? – De la bière ») que le patron est venu poser sans sous-bock, d'un pas traînant, sur le formica blanc collant de ma table. Quand j'ai tourné les yeux vers l'immeuble de Céline après une première gorgée (de la bière ? tu parles), j'ai réalisé soudain que je pouvais la voir apparaître d'une seconde à l'autre. J'ai bu une autre gorgée, en comprenant qu'elle pouvait ouvrir la porte avant que j'aie avalé ce liquide nauséabond, que le fantôme de mon adolescence pouvait surgir à tout moment de l'au-delà, de l'en-deçà, et s'incarner sous mes yeux avant que j'aie reposé mon verre.

Mais quatre bières plus tard (on s'habitue au goût, comme à tout), Céline ne s'était toujours pas montrée. J'avais vu entrer ou sortir trois ou quatre jeunes mecs, entrer ou sortir deux ou trois femmes ou filles, mais elle ne pouvait être aucune d'entre elles, même transformée par le temps, la maladie et l'héroïne. Je suis allé me balader à pied dans les environs (just a walk), pour me détendre et « visiter » un quartier dans lequel je ne reviendrais probablement jamais, mais personne ne m'a demandé ce que je faisais là tout seul, petit bonhomme. Vers vingt heures, je suis retourné à mon poste d'observation. J'étais le seul client, cette fois, c'était plus déprimant que la plupart des autres expériences que l'on peut vivre dans une ville. Le patron devait commencer à me prendre pour un flic, ce qui ne m'aidait pas dans ma vaine quête du bien-être.

Mais peu importait l'ambiance et le décor. Tout pouvait changer, s'éclairer subitement, dès que je la verrais sortir de l'immeuble. Je sentais ma vie, peu brillante à cet instant pour l'observateur extérieur qui jetterait un coup d'œil vers moi, sur le point d'être bouleversée, de changer de couleur. J'avais aussi conscience que Céline pouvait descendre de chez elle pour venir directement boire un café et une bière ici. Cela dit, pas de panique, j'aurais encore toute liberté de choisir ce que je ferais : l'héroïne et la maladie n'y étaient pour rien, mais je m'étais moi aussi sensiblement transformé. Et elle avait vu tant de gens depuis, lutté contre tant d'ennemis et tourné tant de fois sur elle-même qu'elle ne me reconnaîtrait pas.

Quand le patron a mis les chaises à l'envers sur les tables, un peu avant vingt et une heures, j'ai décidé que ça suffisait pour cette première journée à Marseille. Je lui ai souhaité une bonne soirée, il ne m'a pas répondu. Je suis rentré à l'hôtel, j'ai discuté dix minutes avec le réceptionniste qui venait de perdre sa mère (il parlait tout seul, je ne servais que de support à accrocher ses phrases), et ce n'est qu'une fois la porte de ma chambre refermée derrière moi que je me suis rendu compte que j'avais oublié de manger. Je me suis couché sans avoir sommeil, et j'ai regardé *Popstars*.

Le lendemain matin, après un petit déjeuner économique (pour le directeur de l'hôtel) et peu stimulant dans une salle déserte, tapissée dans le plus pur style des années Giscard, j'ai réintégré le bar de la mort lente. Le patron m'a à peine adressé un regard, après tout il devait se foutre complètement que je sois un flic ou pas, il écoutait sa radio, je m'étais donné trop d'importance.

Après deux cafés (que j'attendrai que la langue française s'étoffe un peu pour décrire) et deux bières au bon goût de misère humaine, toujours pas de Céline. Il y avait d'ailleurs peu de monde dans cette rue. Je me sentais dans une grande solitude.

Elle n'était pas loin, je le savais, je percevais sa présence proche, il ne manquait pas grand-chose, mais le fantôme résistait, il flottait près d'ici mais refusait de se laisser attirer, capturer. Ou bien il ne parvenait pas à pénétrer dans notre monde. Une membrane invisible empêchait la jeune fille blonde de Carcans-Maubuisson de se projeter un quart de siècle plus tard à Marseille, ravagée. Elle était coincée dans le temps, il fallait l'aider, il fallait que j'agisse. Je suis parti chercher une cabine téléphonique.

– Céline ?

– Oui, quoi ?

(Bon, c'était bien elle.)

– Je voudrais… Est-ce qu'on peut se voir ?

– Pourquoi ?

– Je voudrais te parler. Tu ne dois pas te souvenir de moi, mais on se connaît.

– Tu veux quoi ?

– Rien, je veux rien de spécial, t'inquiète pas. Juste te voir. Cinq minutes. S'il te plaît.

– C'est toi qui m'as appelé il y a deux-trois jours ?

– Oui. J'étais à Paris, et je suis descendu, là.

– Putain, c'est quoi, cette histoire ? Bon, je peux pas, maintenant. Dans une heure, ça va ? Au Tapis Rouge.

– C'est où ?

– Tu connais pas le Tapis Rouge ?

– Non, je suis pas de Marseille. Mais c'est bon, je vais trouver. C'est pas loin de chez toi ?

– Ben non.

– D'accord, à tout à l'heure.

– Ouais, salut.

Elle n'était pas si méchante que ça. Les vingt-trois dernières années avaient juste déposé sur elle quelques couches de malheur, de méfiance et de colère, mais je réussirais peut-être à gratter, à les décoller par endroits, en reprenant mon air de seize ans. Elle se laisserait faire.

Je pourrais difficilement décrire l'état dans lequel je me trouvais après avoir raccroché, je ne me souviens pas vraiment de ce que j'ai fait dans la demi-heure qui a suivi. J'ai marché, je pense, sans rien regarder, j'étais tourné vers l'intérieur. Je me sentais dense et entier, prêt à vivre quelque chose d'étonnant. L'élastique du temps était étiré au maximum, la membrane allait céder pour laisser passer Céline, tout se tendait autour de moi, tout se figeait, je n'attendais plus que le déclic, la délivrance. J'étais concentré, prêt à vivre quelque chose.

J'ai trouvé assez facilement le Tapis Rouge – qui se trouvait à quatre ou cinq cents mètres de chez Céline –, après m'être renseigné dans une épicerie où j'étais entré pour acheter des mouchoirs en papier (peut-être à cause du changement de temps entre Paris et Marseille, où il faisait beau et doux, ou du chauffage dans le train la veille, j'avais le nez qui coulait). C'était un grand café, genre brasserie de troisième zone, je le regardais de loin en approchant sur le trottoir d'en face, je sentais en moi des picotements, des frémissements, je le voyais au bord de la route qui longeait le champ de Carcans-Maubuisson, de l'autre côté : il suffisait de traverser cette route où était passée la voiture de son père, Paul, juste quelques pas dans le temps, et nous allions nous retrouver là tous les deux. Dans ce café marseillais où tant de choses s'étaient déjà passées, et que je ne connaissais pas.

J'ai traversé la rue devant une moto qui a failli m'écraser (ce serait consternant, je me suis dit, ça ferait hurler les spectateurs dans la salle si j'étais le héros d'un film (heureusement non, tout se passe plus simplement dans la vie, qui nous laisse aller au bout des choses, souvent)), puis j'ai longé sans me presser la longue baie vitrée en examinant minutieusement les clients à l'intérieur (je me serais bien arrêté pour mieux étudier le terrain, mais je n'aime pas trop me faire remarquer, et je n'aurais échappé à personne, planté là, les yeux plissés – or, je ne saurais dire pourquoi, je ne percevais pas une atmosphère particulièrement amicale de l'autre côté de la vitre). J'avais une demi-heure d'avance, mais peut-être qu'elle aussi. Il n'y avait pas foule aux tables, une dizaine de personnes – dont quelques femmes, mais aucune, à mon avis, qui pouvait ressembler à Céline. Inconsciemment, je cherchais une jeune blonde en sweat-shirt rose pâle.

Sans quitter des yeux l'intérieur de la salle (je distingue une forme seule au fond), je franchis la porte et quelqu'un me donne un coup de poing foudroyant en pleine tête. J'ai l'impression d'avoir été percuté de plein fouet par une massue en fer lancée à toute volée, je suis stoppé net et ça fait un BANG effroyable, ça résonne dans mon crâne, ça se propage dans tout mon corps. Au moment, un quart de seconde plus tard, où je réalise qu'il n'y a personne devant moi (qu'est-ce qu'on m'a lancé ?), je comprends que je n'ai pas franchi la porte. Je me voyais déjà à l'intérieur du café, mais non. Je suis toujours dehors et tout le monde dedans me regarde, les attablés et les types du comptoir tournent ensemble la tête vers moi et me voient les jambes fléchies, les bras levés devant la porte vitrée pour me défendre ou attaquer, avec sans doute une horrible grimace de terreur et d'ahurissement sur le visage. Ils ont peut-être peur trois secondes, qui est cette brute agressive qui va tout casser, avant de se dire que de toute façon je ne peux pas leur faire grand mal, même si je suis très énervé. Je n'ose pas bouger, de peur de tomber.

En temps normal, je serais évidemment reparti vers un autre café du pas le plus naturel possible (ce qui n'aurait fait que me rendre à leurs yeux encore plus bizarre et inquiétant), mais là j'étais obligé d'entrer, je n'allais pas rater un rendez-vous avec mon adolescence pour une simple histoire d'amour-propre. J'ai donc ouvert la porte sous le feu de quinze regards interloqués ou suspicieux (je me demande quand même ce qui peut pousser le patron à nettoyer à ce point sa porte vitrée, alors que le reste de son bar est, je ne dis pas ça pour critiquer mais enfin, si sale) et je me suis dirigé vers une table libre en essayant de me donner de la nonchalance (très difficile), d'un pas vaporeux, dans un grand silence et un certain malaise. Personne n'osait bouger une oreille. Après m'être assuré que la forme seule que j'avais distinguée au fond n'était pas Céline, je me suis assis sans me laisser intimider par l'attention générale, très digne, des bourdonnements dans la tête et une grosse bosse qui commençait à enfler sur le nez.

– Ça va, monsieur ? m'a demandé le garçon d'un air plus méfiant que prévenant.

– Très bien, très bien. Plus de peur que de mal. J'avais l'esprit ailleurs, je n'ai pas vu la porte.

– Vous désirez boire quelque chose ?

(Oui, ce n'est pas parce que j'essaie d'entrer quelque part sans prendre la peine d'ouvrir la porte que je suis un fou et que je m'installe dans les cafés sans la moindre intention de boire quoi que ce soit.)

– Un demi, s'il vous plaît.

Il m'a fixé durant quelques secondes, sur le point de me dire : « Tu crois pas que t'as assez bu, mon petit père ? », puis il s'est ravisé (je n'étais quand même pas le pire client de l'endroit, pitié) et a fait demi-tour pour aller me chercher mon verre. Les conversations reprenaient peu à peu, les regards se détournaient de moi, oubliez-moi, je suis redevenu comme tout le monde, c'était une erreur d'étourderie, tirons un trait sur le passé.

Maintenant, ma bière devant moi, j'attendais. Je ne parvenais pas, contrairement à d'habitude, à m'intéresser à mes voisins, à écouter ce qu'ils disaient, à observer leurs tics ou leurs visages marqués. Je n'étais qu'attente, dans ce grand bar misérable (le tapis rouge n'avait pas été déroulé ici depuis bien longtemps (sans doute depuis le jour où Marilyn Monroe était venue boire un pastis)).

L'heure du rendez-vous est passée, et celle d'après aussi. Mais j'étais décidé à rester jusqu'à la fermeture s'il le fallait, jusqu'à ce qu'on me mette dehors (« Oui, c'est le cinglé qui a essayé de passer à travers la porte ce midi »). J'ai vu entrer trois femmes, qui n'étaient pas Céline.

Je n'arrivais à penser à rien.

J'étais assis depuis deux heures sans bouger quand elle est arrivée. Une femme livide, exténuée, a franchi la porte après l'avoir ouverte, puis s'est arrêtée à deux mètres du comptoir et a balayé faiblement la salle d'un regard éteint… qui s'est fixé sur moi. J'ai compris que c'était elle et j'ai fait une petite mimique ridicule en haussant les sourcils, pour dire à peu près : « Si c'est toi, c'est moi. » Elle s'est avancée d'un pas traînant, boitant un peu, le corps infirme sous son tee-shirt blanc et son jean, et s'est assise en face de moi sans expression sur le visage. Une femme en lambeaux. C'était une grande brune très maigre, cassante, sans seins ni hanches, avec une tête de pigeon écrasé, des yeux noirs enfoncés dans les orbites, un nez pointu et une petite bouche sans lèvres. Pas Céline.

– Tu es Céline ?

– Oui.

J'ai senti tout s'effacer autour de moi, le décor, le bar, Marseille, s'éloigner de moi et m'isoler, l'image de la jeune fille blonde allongée dans le champ a disparu instantanément comme si on venait de rallumer la lumière, et je suis resté seul dans le vide en face de cette femme étrangère au visage dur.

– Qu'est-ce que tu veux ? On se connaît, c'est ça ?

– En fait, je…

– Je te préviens tout de suite, j'ai pas la mémoire des têtes, alors te vexe pas.

– Je crois qu'on ne se connaît pas, en fait.

– Quoi ? Faudrait savoir.

– Tu es la fille de Paul Muratti ?

– Ouais. Attends, t'es un pote à mon père ? C'est quoi, ce plan ?

– Non, je le connais, oui, mais c'est pas lui qui m'envoie.

– C'est qui, alors ?

– Personne. Je croyais qu'on s'était déjà rencontrés, mais je me suis trompé.

– Putain… Tu m'as fait venir ici pour rien ?

Qu'est-ce que je faisais à l'autre bout de la France avec cette inconnue aigre et froide ? J'étais venu chercher des souvenirs, de la force et de la beauté, je me retrouvais posé tout seul dans un présent sordide, pitoyablement présent, étriqué, comme Schubert assis sur la cuvette des chiottes. J'étais venu jusqu'ici pour voir cette fille, depuis trois jours j'avançais pour rien, je m'enflammais pour rien. La porte avait claqué derrière moi. J'étais Schubert et je ne pourrais plus jamais sortir des chiottes.

– Je suis désolé. Excuse-moi, je suis désolé. Je croyais qu'on s'était rencontrés il y a vingt ans, mais… Non, quoi.

– Fais chier, j'ai pas que ça à foutre. Tu me paies un café, au moins ?

– Bien sûr, oui.

– Tu m'apportes un café, Jean ? C'est quoi, ton histoire, alors ?

– Non, rien. J'ai connu une fille quand j'avais seize ans et…

– Ouais, d'accord, je vois le genre. Ben c'était pas moi. T'as pas une clope ? Et c'est pour ça que t'es venu de Paris ? T'as du feu ?

– Oui. C'était à Carcans-Maubuisson, je crois que t'es allée là-bas avec ton père, c'est pour ça.

– Non, ça me dit rien. Enfin peut-être, j'en sais rien. Merci Jean. T'as pas vu Bachir ?

– Non ma belle.

– Si, ton père m'a dit que vous étiez partis en vacances là-bas quand t'avais treize ans. Enfin, c'est pas grave.

– Si tu veux, bon, on va pas y passer la nuit. J'ai pas vraiment la mémoire des lieux, non plus. De toute façon tu dis qu'on se connaît pas, alors qu'est-ce que ça peut foutre ? Je peux te demander un truc ?

– Oui ?

– Ça t'embête de me passer un peu de thune ?

J'avais envie de la pousser pour qu'elle disparaisse, je n'avais rien contre elle mais je voulais que ça se termine, maintenant j'étais fixé, dépossédé, tarte, j'avais envie de me retrouver seul pour voir ce que je pouvais faire.

– Comment ça ?

– Je sais pas, trente ou quarante euros, t'as pas ça ? Je suis dans la merde, là.

– J'ai pas grand-chose sur moi, non.

– Sans déconner, t'as pas quarante euros ? Fais pas le rapiat ! Trente ?

– Non, écoute…

– Putain, arrête, je les connais, les potes à mon père. T'es pété de thunes, je suis sûre. Et moi j'en ai besoin. Vas-y, je sais pas, vingt euros, ça ira. Tu vas pas pleurer pour vingt euros, quand même ?

– C'est pas le problème.

– Je te suce, si tu veux.

– Merci, non, t'es gentille.

– Alors vas-y, file-moi un billet, putain. Attends, t'es qui, toi ? Tu viens me faire chier, tu me fais sortir de chez moi pour rien, je sais pas quelle connerie d'il y a vingt ans, et tu veux même pas cracher dix keus ?

– Écoute, je crois que c'est bon, là. Excuse-moi de t'avoir dérangée, je suis vraiment désolé, et c'est bon.

– Ouais, c'est ça, c'est bon. Connard, va… Je dégage, t'inquiète pas. Et va te faire enculer.

Ne dis pas ça. Tu ne sais pas qui je suis. Je suis Schubert.

– Tout se passe bien, ma belle ?

– Ouais, je me casse, je perds mon temps avec ce baltringue. Si tu vois Bachir, tu lui dis que je suis chez moi.

– Pas de problème, à plus tard. Je vais vous demander de me régler, monsieur.

Meu.

# Treize

J'avais pris une place en deuxième classe, abattu, mais j'ai fait quasiment tout le voyage de retour au bar du TGV, à boire du café et du Fanta sur un petit tabouret en plastique fixé à la paroi. L'élastique avait lâché et projeté d'un coup sec la jeune fille blonde et tout le décor vingt-trois ans en arrière, je me sentais complètement désorienté, tournoyant lentement dans le présent comme un satellite détraqué qui a perdu son orbite – heureusement que le train était là pour me ramener.

Tous les gens qui se déplaçaient ou discutaient autour de moi me semblaient artificiels, illusoires, peu fiables : des fantômes d'eux-mêmes, des reproductions animées dont les originaux auraient été oubliés quelque part dans le passé, à différentes époques de la vie selon les cas. Ils parlaient, ils mangeaient, ils paraissaient à première vue bien vivants, mais je n'avais plus confiance. Je les voyais transparents, sans poids ni substance, et j'avais le sentiment que si j'essayais d'en attraper un, ma main se refermerait sur du vide, que si je leur posais des questions, ils ne me répondraient pas, ou alors, en souriant, des phrases au hasard, vides de sens, ou des injures aboyées mécaniquement. Comme Céline, à qui je m'adressais depuis plusieurs jours sans m'être aperçu qu'elle n'était pas là, qu'elle n'existait plus, Céline qu'on avait tenté de remplacer pour m'étourdir par une pauvre femme éreintée, acide et obsédée par l'argent dont elle avait besoin pour remplir la seringue et prolonger moins douloureusement sa survie.

La jeune fille blonde ne devait pas s'appeler Céline, d'ailleurs. Je m'en étais seulement convaincu. Tout dégringolait autour de moi, tout fondait et disparaissait : l'homme dont je regardais la nuque dans la voiture rouge n'était pas Paul Muratti, l'homme qui était apparu miraculeusement dans l'hôtel de New York n'avait aucun lien avec la petite blonde de Carcans-Maubuisson – rien de miraculeux là-dedans, c'était juste un homme dont la chambre se trouvait en face de la mienne et que j'avais continué à fréquenter les années suivantes. La petite blonde du champ ne s'était pas fait baiser par ses amis le jour de son anniversaire devant toute la famille médusée, quelques années après notre après-midi, elle ne s'était pas mise un peu plus tard à s'injecter du poison dans le sang parce que sa mère l'avait abandonnée et que son père ne comprenait rien, elle n'avait rien à voir avec cette vie, pendant tout ce temps elle était ailleurs. D'un côté, un tout petit côté, c'était une bonne nouvelle. Mais pour être honnête, je m'en foutais, car de l'autre côté, celui que j'avais en face de moi comme un grand écran blanc, cela signifiait qu'elle venait de disparaître à jamais. Sa résurrection n'avait duré que quelques secondes. Elle m'avait été retirée brutalement par l'élastique, et à présent, tous les fils étaient coupés, les pistes effacées. Je ne me souvenais même plus de son prénom, et je ne le retrouverais plus. Cécile ? Carine ? Certainement pas Céline, en tout cas. Je m'y étais accroché, j'avais mis des œillères et je m'étais familiarisé, confiant, avec cette erreur. Maintenant tout se désagrégeait, mes œillères et le reste, tout avait fondu, le bouquet de fleurs se décomposait, tombait en poussière, je ne pouvais plus m'appuyer sur rien. Aline ? Pauline ? Sylvie ? Émilie ? Sandrine ? Corinne ? Non, plus rien, elle était perdue.

Et moi avec. Le garçon de seize ans qui s'appliquait avec elle, qui tremblait, qui avait plongé dans l'herbe en voyant la voiture, le jeune homme naïf et fébrile que j'avais retrouvé du jour au lendemain, en tenant le fil sur le pont jeté au-dessus des années, s'évanouissait en même temps qu'elle. Le fil se cassait, le pont s'écroulait d'un coup, et l'adolescent que j'étais, qui était moi, retombait dans le passé, mort, sombrait dans le marécage immense de toutes les choses vécues, et disparaissait. Moi, j'étais sur un petit tabouret en plastique, dans un train à grande vitesse, et je regardais ma boîte de Fanta.

J'étais entré dans une librairie proche de la gare, avant de quitter Marseille, avec l'intention de choisir un roman pour le voyage (tout en sachant que je n'aurais pas la force de le lire, de me concentrer dessus – mais je voulais faire un geste d'homme qui vit dans le présent), et j'avais acheté un recueil de nouvelles exposé sur l'une des tables du fond, car sur la couverture, parmi les différents auteurs, j'avais lu : Anne-Catherine Fath. C'est drôle, ces coïncidences.

Je n'avais pu lire que sa nouvelle, parmi vingt-cinq autres, avant que le train ne démarre (ensuite je n'étais plus assez compact pour faire face à un texte), et je m'étais d'ailleurs promis de la relire à Paris, car pour l'instant je ne pouvais pas mieux faire qu'en effleurer le contenu, de loin – je me dissipais, je luttais désespérément contre l'évaporation de ma jeunesse. Je ne voulais pas redevenir une mouche, ni même un ragondin stupide, je sentais partout autour la présence affligeante autant qu'inquiétante des crocodiles à la gueule ouverte et aux gros yeux larmoyants. La nouvelle d'Anne-Catherine Fath commençait par ces phrases : « J'aimerais bien la retrouver, celle-là. Oui, j'aimerais la sentir, mais en attendant on n'arrive à rien Anne-Catherine. J'aimerais bien les avoir, les deux. Moi avant et moi maintenant. L'une à côté de l'autre, pour bien les sentir. » C'est drôle.

Je ne savais pas qu'elle écrivait. Chez les Muratti, je n'avais pas eu l'idée de lui demander ce qu'elle faisait. De toute façon, je n'avais pas beaucoup parlé – et elle non plus. En y repensant, tandis que le train démarrait, j'ai réalisé que pendant le dîner, je m'étais senti étrangement attiré par elle (étrangement car en général, ces sensations-là s'éprouvent sur le moment, on comprend ce qui se passe, on n'a pas quelques jours plus tard seulement cette impression d'avoir été enjôlé sans se rendre compte de rien). Je me suis également rendu compte que les jours suivants, je l'avais inconsciemment associée à la fille du champ, je les avais mélangées : dans mon esprit agité, désorganisé par les brusques mouvements du temps, son visage s'était peu à peu confondu avec celui de la petite blonde, grandie.

Ça ne sentait plus la bergamote, cette fois. Je m'étais dit, à l'aller, que c'était peut-être une odeur spécifique à ces nouveaux TGV, mais non. Je venais même d'aller vérifier en traversant un wagon de première (on ne sait jamais, je pensais, les seconde sont peut-être privées de bergamote – qui va râler ?) : non. Au bar, encore moins (si toutefois il est possible de sentir moins la bergamote qu'un endroit qui ne sent pas la bergamote) : ça sentait le croque-monsieur chaud. Une odeur forte et particulière, déroutante, qui peut être extraordinairement écœurante ou extraordinairement appétissante selon le moment, parfois à quelques minutes d'intervalle. J'en ai commandé un, que j'ai mangé en regardant défiler la campagne derrière la vitre, les petits bois, les maisons isolées au loin, dans lesquelles il se passait des choses intimes et mystérieuses : des gens vivaient à l'intérieur.

Après tout, je n'étais pas le centre du monde. Le centre du mien, seulement. La jeune fille blonde n'était perdue que pour moi. Elle vivait encore quelque part, à Paris, à Bordeaux, Marseille ou dans une maison isolée entre les champs. Tandis que je finissais mon croque-monsieur, elle était en train de regarder la télé dans un fauteuil ou de discuter avec une amie dans un bar, elle existait pour de nombreuses personnes, bien réelle, elle était chanteuse, dentiste, caissière ou toxico pute, et elle avait des souvenirs, la tête de son père quand elle lui avait annoncé qu'elle se mariait, un coup de foudre il y a cinq ou six ans, un bras cassé en tombant de cheval, et peut-être moi dans le lointain, dans l'herbe d'un champ en bord de route. Moi qui fonçais à présent sur les rails en m'essuyant la bouche avec la serviette en papier.

J'existais maintenant, je rentrais sur Paris, une femme entre deux âges sur le tabouret d'en face me regardait en se demandant pourquoi j'avais cet air absent, peut-être, et en même temps je restais présent probablement dans les souvenirs de nombreuses personnes, à différentes époques de ma vie. Des centaines d'images éparpillées. (Comme je figure à différents âges dans de nombreux cadres et albums de famille à travers le monde (dans un tiroir à Tokyo, sur une cheminée à Madrid, dans un portefeuille à Los Angeles), au moment où je passe distrait derrière la femme ou l'enfant que le touriste prend en photo.) J'existais encore un peu partout, à dix ans, vingt-cinq ans. Ma jeunesse n'était perdue que pour moi. Ça fait pas grand monde.

(Une semaine plus tard, j'allais recevoir une lettre postée de mon enfance, qui me ferait pleurer (vraiment, de grosses larmes d'émotion, et non de crocodile (au fait, crocodile aux pattes de foudre, cours tant que tu veux, ruine-toi les poumons, tu me rattraperas pas, je me sens soudain des forces nouvelles, de la puissance à l'intérieur (en plus, je suis dans un TGV)), qui couleraient sur mes cernes). Cela faisait un peu plus d'un an que je tenais une chronique hebdomadaire dans *Elle.* Quelqu'un avait été intrigué par la signature :

*Monsieur,*

*J'ai trouvé votre nom dans le magazine* Elle*, que j'ai feuilleté chez mon médecin. Permettez-moi de vous poser une question un peu indiscrète. J'ai été institutrice à Morsang-sur-Orge et j'ai* *eu dans ma classe des enfants Jaenada dont un petit garçon nommé Philippe. J'ai également bien connu leur maman qui était ma collègue dans la maternelle où j'exerçais la fonction de directrice. En retrouvant cette dame après ma mise en retraite, j'ai su par elle que ce petit garçon, devenu homme, s'essayait à l'écriture...*

*Seriez-vous cet ancien élève ? Si oui, je serais très heureuse d'avoir de vos nouvelles et de celles de votre famille. Sinon, pardonnez-moi de vous avoir pris de votre temps.*

*Veuillez croire à toute ma sympathie, et si vous êtes mon ancien petit élève, à toutes mes affectueuses pensées.*

*Madame Dupuis.*

Mes affectueuses pensées, moi aussi, c'est le moins qu'on puisse dire. Je resterais un long moment immobile sur le trottoir, devant chez moi, petit garçon, avec l'envie de traverser la France en un éclair (elle habitait désormais à Cannes) pour la serrer dans mes bras. J'ai presque tout oublié de mon enfance, malheureusement, de l'école en tout cas, je ne pourrais citer aucun des noms de mes copains ou de mes instituteurs jusqu'en sixième, tout s'est effacé, les noms, les visages et les jours. Il ne me reste qu'une seule image, je ne sais pourquoi celle-ci plutôt qu'une autre, et par hasard, Mme Dupuis en fait partie : je dois avoir trois ou quatre ans, je cours dans le couloir désert de la maternelle, tout le monde est dans les classes, je ne sais pas ce que je fais là, où je vais, je galope, soudain une porte s'ouvre derrière moi et j'entends Mme Dupuis s'écrier : « Minute papillon ! » Je m'arrête net, foudroyé en pleine course, je ne bouge plus, je ne me retourne pas, j'ai peur, je ne comprends pas pourquoi elle m'appelle « papillon », je ne suis pas un papillon, ce n'est pas normal (je le devine malgré mon jeune âge et mon peu d'expérience de la vie), je reste pétrifié au milieu du couloir, ce cri dans le dos. Le souvenir s'arrête là, net, je ne me rappelle plus ce qui s'est passé ensuite, ni pendant les années suivantes. Et trente-cinq ans plus tard, beaucoup plus loin dans le couloir, Mme Dupuis ouvrirait de nouveau sa porte.)

J'existais maintenant, ancien petit élève, et j'avais plein de choses à faire. Entre autres, demander aux Muratti les coordonnées d'Anne-Catherine Fath, la petite blonde d'aujourd'hui, la grande blonde. Essayer de l'approcher, de lui parler, de la déshabiller, de la baiser trois ou quatre fois dans l'après-midi, trois, lui proposer de rester avec moi, on ne sait jamais. Et continuer, avec la petite blonde d'hier en tête, et son fantôme aimable dans l'air autour de moi, avec Jo, Bub et Gwen en tête, mes amis d'autrefois, le Hongrois triste et ses meu, Michel Galabru seul dans la nuit, Thierry le joueur derrière le comptoir du Saxo Bar, avec son regard découragé mais joyeux, Alexandra et Patricia qui sourient devant leur riz au lait, Mme Dupuis dans le couloir, me souvenir de tout, même de ce que je n'ai pas vécu, Céline Muratti sur le tapis de son salon, hilare et nue (avant de devenir morne et vide), dégoulinante sous les yeux de sa famille écœurée, le prétendant maladroit, à la braguette ouverte, que Marie-Sophie avait sauvé dans le métro, son gros bouquet de fleurs, Eudeline immobile face à sa vodka orange, me souvenir de tout pour me sentir entier. (Deux jours après celle de Mme Dupuis, je trouverais dans ma boîte une lettre de Veules-les-Roses. Laurent, l'ami et associé de François au Café des Voyageurs, sur la route en haut du village, le si drôle et si gentil Laurent qui venait d'avoir une petite Isaline avec Vanessa, sa jolie compagne, avait eu un accident. En déboisant près de chez eux, il avait pris un arbre sur la tête. Il s'était réveillé après quelques jours de coma : il avait tout oublié. Toute sa vie. Supprimée. Il est revenu au monde comme s'il n'était jamais passé par là auparavant. J'irai le voir, il ne saura pas qui je suis. Il ne se rappellera pas m'avoir tant parlé de ses clients, des personnages du coin, avec tant d'humour et de précision – l'homme qui passait ses nuits au cimetière, dont le frère s'était fait manger l'oreille par un rat, le Suisse, qui pouvait boire cinquante-sept pastis par jour, l'ancien coiffeur qui mettait quatre heures pour une coupe, l'halluciné qui courait nu dans les rues du village les nuits de pleine lune –, il aura oublié tout ça. Mais les histoires et les gens de son passé lui reviendront un jour ou l'autre, j'en suis sûr. Un jour ou l'autre. Et sinon, il en trouvera et en gardera d'autres. On peut recommencer.) Me souvenir de tout. Garder le passé. Et avancer comme ça, tranquillement, reconstitué, envoyer les crocodiles au diable, aller voir Anne-Catherine Fath, sans manques et sans élastiques, entier et autonome. Le reste… « Laissons les ailes du Moulin nous protéger jusqu'au matin. » Pourquoi pas ? Ces ailes qui tournent ne peuvent pas faire de mal. Et le matin, heureusement, c'est dans longtemps.

Le train approchait de Paris, j'ai acheté une boîte de Heineken au petit comptoir plastique, je me sentais beaucoup mieux. Avec, de nouveau, le bouquet de fleurs dans les mains. Céline l'usurpatrice était restée à Marseille, loin derrière, je la plaignais mais elle n'avait plus rien à voir avec mon histoire. Celle qui revenait, que je retrouvais à l'intérieur, c'était la jeune fille blonde de Carcans-Maubuisson. Je comprenais, en buvant ma bière et en regardant passer derrière la vitre, dans la nuit, les premiers immeubles de la région parisienne, qu'elle ne s'était pas volatilisée, que le fil ou l'élastique n'étaient que des accessoires, de l'outillage affectif inutile, et qu'elle était toujours là. Et pas seulement ailleurs et maintenant (après tout, elle n'était peut-être ni chanteuse ni caissière, elle était peut-être morte), mais avec moi, ici et avant. Je l'avais d'abord oubliée, pendant des années, puis j'avais pensé la retrouver détruite, et enfin, durant l'après-midi de stupeur et d'abattement qui avait suivi ma rencontre avec la fille de Paul au Tapis Rouge, je l'avais crue perdue, je l'avais sentie partir, m'échapper – mais minute papillon. Sans savoir comment, en trois heures au bar d'un train, j'avais réussi à la rattraper, à l'arrêter. Elle ne me quitterait plus. L'image était là, fixée en moi : elle vivante.

Curieusement, je ne figure plus sur cette image. J'ai disparu. La jeune fille blonde dont j'ai oublié le nom est toute seule, elle flotte couchée dans le temps, en été, sur l'herbe. Ailleurs elle a grandi, vécu, vieilli, et c'est très bien, mais malheureusement je ne suis pas là pour la voir, alors je garde ce que j'ai, ce qu'elle sera toujours, lumineuse, éclairée sur son île dans le passé : une jeune fille nue allongée dans un champ, belle et innocente, les cheveux blonds en désordre, fatiguée, sans rien qui la menace, les jambes légèrement écartées, souriante, toute seule, sur fond vert, confiante. Éternellement jeune. Et moi, je la regarde de loin.

DU MÊME AUTEUR

Le Chameau sauvage
*Julliard, 1997*
*et « Points », 2018*

Néfertiti dans un champ de canne à sucre
*Julliard, 1999*
*et « Points », n° P2069*

La Grande à bouche molle
*Julliard, 2001*
*et « J'ai lu », n° 6493*

Le Cosmonaute
*Grasset, 2002*
*et « Points », n° P2705*

Les Brutes
*(dessins de Dupuy et Berberian)*
*Scali, 2006*
*et « Points », n° P2070*

Déjà vu
*(photos de Thierry Clech)*
*Éditions PC, 2007*

Plage de Manaccora, 16 h 30
*Grasset, 2009*
*et « Points », n° P2327*

La Femme et l'Ours
*Grasset, 2011*
*et « Points », n° P2861*

Sulak
*Julliard, 2013*
*et « Points », n° P3301*

La Vraie Vie
*Éditions In8, 2015*

La Petite Femelle
*Julliard, 2015*
*et « Points », n° P4423*

Spiridon superstar
*Steinkis éditions, 2016*

La Serpe
*prix Femina*
*Julliard, 2017*

Site de l'auteur : www.jaenada.com

RÉALISATION : NORD COMPO À VILLENEUVE-D'ASCQ
IMPRESSION : CPI FRANCE
DÉPÔT LÉGAL : MAI 2018. N° 139899 (3027737)
IMPRIMÉ EN FRANCE

# Éditions Points

Le catalogue complet de nos collections est sur Le Cercle Points, ainsi que des interviews de vos auteurs préférés, des jeux-concours, des conseils de lecture, des extraits en avant-première…

**www.lecerclepoints.com**

DERNIERS TITRES PARUS

P4639. Laëtitia, *Ivan Jablonka*
P4640. L'Affaire Léon Sadorski, *Romain Slocombe*
P4641. Comme l'ombre qui s'en va, *Antonio Muñoz Molina*
P4642. Le Jour de l'émancipation, *Wayne Grady*
P4643. La Cure de Framley, *Anthony Trollope*
P4644. Les Doutes d'Avraham, *Dror Mishani*
P4645. Lucie ou la Vocation, *Maëlle Guillaud*
P4646. Histoire du lion Personne, *Stéphane Audeguy*
P4647. La Sainte Famille, *Florence Seyvos*
P4648. Antispéciste. Réconcilier l'humain, l'animal, la nature, *Aymeric Caron*
P4649. Brunetti en trois actes, *Donna Leon*
P4650. La Mésange et l'Ogresse, *Harold Cobert*
P4651. Dans l'ombre du Reich. Enquêtes sur le traumatisme allemand (1938-2001), *Gitta Sereny*
P4652. Minuit, *Patrick Deville*
P4653. Le Voyage infini vers la mer blanche, *Malcolm Lowry*
P4654. Les petits vieux d'Helsinki se couchent de bonne heure *Minna Lindgren*
P4655. La Montagne rouge, *Olivier Truc*
P4656. Les Adeptes, *Ingar Johnsrud*
P4657. Cafés de la mémoire, *Chantal Thomas*
P4658. La Succession, *Jean-Paul Dubois*
P4659. Une bouche sans personne, *Gilles Marchand*
P4660. Tokyo Vice, *Jake Adelstein*
P4661. Mauvais Coûts, *Jacky Schwartzmann*
P4662. Ma langue au chat. Tortures et délices d'un anglophone à Paris, *Denis Hirson*

P4663. Sacrifice, *Joyce Carol Oates*
P4664. Divorce à la chinoise & Meurtres sur le fleuve Jaune *Frédéric Lenormand*
P4665. Il était une fois l'inspecteur Chen, *Qiu Xiaolong*
P4666. Zone 52, *Suzanne Stock*
P4667. Que la bête s'échappe, *Jonathan Kellerman et Jesse Kellerman*
P4668. Journal d'un homme heureux, *Philippe Delerm*
P4669. Inventer sa vie, *Jean-Louis Étienne*
P4670. Méditations sur la vie *Christophe André et Anne Ducrocq*
P4671. Etty Hillesum, *Sylvie Germain*
P4672. Ce qu'Amma dit au monde. Enseignements d'une sage d'aujourd'hui, *Mata Amritanandamayi*
P4673. Le Motel du voyeur, *Gay Talese*
P4674. Jean-Louis Aubert intime. Portrait d'un enfant du rock *Christian Eudeline*
P4675. Les Brutes en blanc, *Martin Winckler*
P4676. La Dernière Leçon *et* Suite à La Dernière Leçon *Noëlle Châtelet*
P4677. Je reviens ! Vous êtes devenus (trop) cons, *Jean Yanne*
P4678. Le Coiffeur de Marie-Antoinette. Et autres oubliés de l'Histoire, *Frédéric Richaud*
P4679. Les Égarements de Mademoiselle Baxter *Eduardo Mendoza*
P4680. #Scoop, *Yann Le Poulichet*
P4681. "J'adore la mode mais c'est tout ce que je déteste" *Loïc Prigent*
P4682. Le Tunnel aux pigeons, *John le Carré*
P4683. Les Pêchers, *Claire Castillon*
P4684. Ni le feu ni la foudre, *Julien Suaudeau*
P4685. À la fin le silence, *Laurence Tardieu*
P4686. Habiter la France, *Raymond Depardon*
P4687. La Beauté du geste, *Philippe Delerm*
P4688. Le Jeu des hirondelles. Mourir partir revenir *Zeina Abirached*
P4689. Patrice Franceschi et « La Boudeuse ». 15 ans d'aventure autour du monde, *Valérie Labadie*
P4690. Trois ans sur la dunette. À bord du trois-mâts « La Boudeuse » autour du monde, *Patrice Franceschi*
P4691. Au secours ! Les mots m'ont mangé, *Bernard Pivot*
P4692. Le Nuage d'obsidienne, *Eric McCormack*
P4693. Le Clan des chiqueurs de paille, *Mo Yan*

P4694. Dahlia noir & Rose blanche, *Joyce Carol Oates*
P4695. On n'empêche pas un petit cœur d'aimer
*Claire Castillon*
P4696. Le Metteur en scène polonais, *Antoine Mouton*
P4697. Le Voile noir *suivi de* Je vous écris, *Anny Duperey*
P4698. Une forêt obscure, *Fabio M. Mitchelli*
P4699. Heureux comme un chat. Ma méthode pour changer de vie, *Docteur Dominique Patoune*
P4700. Soyez imprudents les enfants, *Véronique Ovaldé*
P4701. Cartel, *Don Winslow*
P4702. L'Amérique défaite. Portraits intimes d'une nation en crise, *George Packer*
P4703. Le Pouvoir de l'espoir, *Barack et Michelle Obama*
P4704. La Voix cachée, *Parinoush Saniee*
P4705. Celui qui est digne d'être aimé, *Abdellah Taïa*
P4706. Six degrés de liberté, *Nicolas Dickner*
P4707. La Ville des tempêtes, *Jean Contrucci*
P4708. Les Revenants, *David Thomson*
P4709. Ce que tient ta main droite t'appartient
*Pascal Manoukian*
P4710. Fraternels, *Vincent Borel*
P4711. Moonbloom, *Edward Lewis Wallant*
P4712. Macau, *Antoine Volodine*
P4713. Wonderland, *Jennifer Hillier*
P4714. L'Ambigu Monsieur Macron, *Marc Endeweld*
P4715. Pop Corner. La grande histoire de la pop culture
*Hubert Artus*
P4716. Not Dead Yet. L'autobiographie, *Phil Collins*
P4717. Qu'il emporte mon secret, *Sylvie Le Bihan*
P4718. Le Livre de l'homme, *Barry Graham*
P4719. Les Anges sans visage, *Tony Parsons*
P4720. Les Furies, *Lauren Groff*
P4721. Un fils parfait, *Mathieu Menegaux*
P4722. Un dangereux plaisir, *François Vallejo*
P4723. Les Premiers. Une histoire des super-héros français
*Xabi Molia*
P4724. Rome brûle, *Carlo Bonini et Giancarlo De Cataldo*
P4725. La Matière de l'absence, *Patrick Chamoiseau*
P4726. Le 36. Histoires de poulets, d'indics et de tueurs en série
*Patricia Tourancheau*
P4727. Leur patient préféré. 17 histoires extraordinaires de psychanalystes, *Violaine de Montclos*
P4728. La Chair, *Rosa Montero*

P4729. Apatride, *Shumona Sinha*
P4730. Dans l'ombre, *Arnaldur Indridason*
P4731. 40 jours avec Maurice Zundel et les Pères du désert *Patrice Gourrier, Jérôme Desbouchages*
P4732. Ose la vie nouvelle ! Les chemins de nos Pâques *Simone Pacot*
P4733. La Ligne de fuite, *Robert Stone*
P4734. Poutine de A à Z, *Vladimir Fédorovski*
P4735. Révoltée, *Evguénia Iaroslavskaïa-Markon*
P4736. Eugène Oniéguine. Roman en vers *Alexandre Pouchkine*
P4737. Les mots qui nous manquent *Yolande Zauberman et Paulina Mikol Spiechowicz*
P4738. La Longue Marche du juge Ti & Médecine chinoise à l'usage des assassins, *Frédéric Lenormand*
P4739. L'Apprentissage de Duddy Kravitz, *Mordecai Richler*
P4740. J'ai épousé l'aventure, *Osa Johnson*
P4741. Une femme chez les chasseurs de têtes, *Titaÿna*
P4742. Pékin-Pirate, *Xu Zechen*
P4743. Nous dormirons quand nous serons vieux, *Pino Corrias*
P4744. Cour Nord, *Antoine Choplin*
P4745. Petit traité d'éducation lubrique, *Lydie Salvayre*
P4746. Long Island, *Christopher Bollen*
P4747. « Omar m'a tuer » : l'affaire Raddad, 1994. *Suivi de* « Il pleure, il pleure ! » : l'affaire Troppmann, 1869, *Emmanuel Pierrat*
P4748. « J'accuse » : l'affaire Dreyfus, 1894. *Suivi de* « Surtout ne confiez pas les enfants à la préfecture » : l'affaire Papon, 1997, *Emmanuel Pierrat*
P4749. « Juger Mai 68 » : l'affaire Goldman, 1974. *Suivi de* « J'ai choisi la liberté » : l'affaire Kravchenko, 1949 *Emmanuel Pierrat*
P4750. Deux hommes de bien, *Arturo Pérez-Reverte*
P4751. Valet de pique, *Joyce Carol Oates*
P4752. Vie de ma voisine, *Geneviève Brisac*
P4753. Et je prendrai tout ce qu'il y a à prendre, *Céline Lapertot*
P4754. La Désobéissance, *Naomi Alderman*
P4755. Disent-ils, *Rachel Cusk*
P4756. Quand les femmes parlent d'amour. Une anthologie de la poésie féminine, *Françoise Chandernagor*
P4757. Mörk, *Ragnar Jónasson*
P4758. Kabukicho, *Dominique Sylvain*
P4759. L'Affaire Isobel Vine, *Tony Cavanaugh*

P4760. La Daronne, *Hannelore Cayre*
P4761. À vol d'oiseau, *Craig Johnson*
P4762. Abattez les grands arbres, *Christophe Guillaumot*
P4763. Kaboul Express, *Cédric Bannel*
P4764. Piégée, *Lilja Sigurdardóttir*
P4765. Promenades en bord de mer et étonnements heureux *Olivier de Kersauson*
P4766. Des erreurs ont été commises, *David Carkeet*
P4767. La Vie sexuelle des sœurs siamoises, *Irvine Welsh*
P4768. Des hommes de peu de foi, *Nickolas Butler*
P4769. Les murs ont la parole
P4770. Avant que les ombres s'effacent *Louis-Philippe Dalembert*
P4771. La Maison des brouillards, *Eric Berg*
P4772. La Pension de la via Saffi, *Valerio Varesi*
P4773. La Caisse des dépôts, *Sophie Coignard et Romain Gubert*
P4774. Français, Françaises, Belges, Belges, *Pierre Desproges*
P4775. La fille qui lisait dans le métro, *Christine Féret-Fleury*
P4776. Sept graines de lumière dans le cœur des guerriers *Pierre Pellissier*
P4777. Rire et Guérir, *Christophe André et Muzo*
P4778. L'Effet haïku. Lire et écrire des poèmes courts agrandit notre vie, *Pascale Senk*
P4779. Il n'est jamais trop tard pour le plus grand amour. Petit traité d'espérance, *Michael Lonsdale*
P4780. Le bonheur quoi qu'il arrive. Propos fulgurants d'Armelle Six, *Robert Eymeri*
P4781. Les Sœurs ennemies, *Jonathan Kellerman*
P4782. Des enfants tuent un enfant. L'affaire Bulger *Gitta Sereny*
P4783. La Fin de l'histoire, *Luis Sepúlveda*
P4784. Le Jeu du chat et de la souris, *A Yi*
P4785. L'Âme des horloges, *David Mitchell*
P4786. On se souvient du nom des assassins *Dominique Maisons*
P4787. La Légèreté, *Emmanuelle Richard*
P4788. Les Retrouvailles des compagnons d'armes, *Mo Yan*
P4789. Les Fantômes du 3e étage, *Bernard Thomasson*
P4790. Premières expéditions. Quatre du Congo & Terre farouche *Patrice Franceschi*
P4791. Grandes Traversées. Qui a bu l'eau du Nil & Raid papou *Patrice Franceschi*

P4792. Fils d'homme, *Augusto Roa Bastos*
P4793. La Vie automatique, *Christian Oster*
P4794. Les Guerriers de l'ombre, *Jean-Christophe Notin*
P4795. Comme ses pieds, *Vikash Dhorasoo*
P4796. Fille de l'air, *Fiona Kidman*
P4797. Rebelles, un peu, *Claire Castillon*
P4798. Le jour où je me suis aimé pour de vrai, *Serge Marquis*
P4799. Votre commande a bien été expédiée
*Nathalie Peyrebonne*
P4800. Vie et mort de la jeune fille blonde, *Philippe Jaenada*
P4801. Les Pièges de l'exil, *Philip Kerr*
P4802. Breaking News, *Frank Schätzing*
P4803. Les Jours enfuis, *Jay McInerney*
P4804. Scènes de la vie future, *Georges Duhamel*
P4805. Soledad, *María Dueñas*
P4806. Entre eux, *Richard Ford*
P4807. Karst, *David Humbert*
P4808. Mise à jour, *Julien Capron*
P4809. Frères Migrants, *Patrick Chamoiseau*
P4810. Nos ancêtres les Arabes. Ce que le français
doit à la langue arabe, *Jean Pruvost*
P4811. Le Testament du Roc, *Denis Marquet*
P4812. Être là, *Véronique Dufief*
P4813. L'Embaumeur, *Isabelle Duquesnoy*
P4814. Jours barbares. Une vie de surf, *William Finnegan*
P4815. Trois saisons d'orage, *Cécile Coulon*
P4816. Songe à la douceur, *Clémentine Beauvais*
P4817. La Femme à droite sur la photo, *Valentin Musso*
P4818. Lucia, Lucia, *Adriana Trigiani*
P4819. Évanouies, *Megan Miranda*
P4820. L'Invité sans visage, *Tana French*
P4821. Âme sœur, *Ivan Jablonka*
P4822. Un funambule sur le sable, *Gilles Marchand*
P4823. Embrouille à Monaco, *Peter Mayle*
P4824. Les Bras cassés, *Yann Le Poulichet*
P4825. Joie, *Clara Magnani*
P4827. Le Polar de l'été, *Luc Chomarat*
P4828. Infidèle, *Joyce Carol Oates*
P4829. Si proche si loin, *Nina George*
P4830. Banditsky ! Chroniques du crime organisé
à Saint-Pétersbourg, *Andreï Constantinov*
P4831. Obsessions, *Luana Lewis*